ENT

R

LA BRULURE.

POEME,

Par Barbier d'Aucourt,

DE L'ACADÉMIE FRANÇAISE.

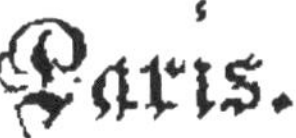

Paris.

ET COMPAGNIE,
:E VIVIENNE.

1826.

ONGUENT

POUR

LA BRULURE.

IMPRIMERIE DE LACHEVARDIERE FILS,
RUE DU COLOMBIER, N. 30.

ONGUENT

POUR

LA BRULURE,

POEME,

Par Barbier d'Aucourt,

DE L'ACADÉMIE FRANÇAISE.

Paris.

TOUQUET ET COMPAGNIE,

GALERIE VIVIENNE.

1826.

LETTRE A UN AMI,

SUR L'ONGUENT POUR LA BRULURE.

Monsieur,

J'apprends par votre lettre que quelques personnes disent que mon *Onguent* blesse le Pape; et jamais rien ne m'a plus surpris, parce que jamais rien n'a été plus éloigné de mes sentimens. Serait-il possible que j'eusse fait ce que je n'ai pas seulement pensé, et ce qui est si contraire à mon intention, que je n'aurais jamais cru qu'on pût en soupçonner mes paroles? Mais, monsieur, les Jésuites peuvent tout: et le bruit que vous avez ouï est sans doute un effet du ressentiment qu'ils ont de voir que je me suis moqué de leur nouvelle hérésie, qui est que le Pape est infaillible, comme Jésus-Christ même, dans le jugement des faits non révélés.

Ils s'imaginent qu'on doit avoir du respect pour cette ridicule erreur, parce qu'ils y mêlent toujours le nom du Pape, qui est vénérable à tous les Chrétiens. Mais s'ils se trompent, les autres ne se tromperont pas; et il n'y a personne qui ne sépare aisément l'autorité légitime du Pape d'avec cette infaillibilité prétendue. Les Jésuites n'en pouvaient mieux faire voir la différence qu'en les joignant ensemble; et ces deux contraires, étant unis, se font si parfaitement connaître, que je n'avais garde de les prendre l'un pour l'autre. Je sais que le Pape étant le successeur de saint Pierre, et le premier de tous les ministres de Jésus-Christ, il doit être considéré comme le centre de cette heureuse union par laquelle tous les Chrétiens sont enfans de la même Eglise.

Dieu m'a fait la grâce de toujours vivre dans cette foi; et j'espère de sa miséricorde que j'aurai le bonheur d'y mourir. Mais avec le même cœur et le même esprit que je proteste être enfant de l'Eglise romaine, je déclare aussi n'être point partisan de la cour de Rome, que ces deux choses sont opposées, et qu'il est nécessaire d'en connaître l'opposition, puisque c'est le seul moyen que nous ayons pour défendre l'Eglise contre les accusations des hérétiques. On sait qu'ils examinent, avec des yeux d'ennemis, tous ceux qui sont entrés dans la succession de saint Pierre; on sait aussi qu'ils en accusent plusieurs d'erreur, de vanité, d'ambition, d'avarice, de simonie : et comme on ne peut pas désavouer ce que toutes les histoires prouvent, il reste seulement à dire à ces accusateurs que ce qu'ils reprochent à l'Eglise romaine est le crime de la cour de Rome; que ce n'est point l'Eglise qui le fait, mais que c'est elle qui le pleure; et qu'ainsi, dans ce jugement, ils font une double injustice, puisqu'ils épargnent la coupable et qu'ils condamnent l'innocente.

Ils pouvaient, avec saint Bernard, parler contre la cour de Rome, se railler de sa vanité et de son ambition, lui reprocher qu'elle est toute pleine d'intrigues, et que chaque jour en naissant y fait naître un nouveau procès (*Dies diei eructat lites, et nox nocti indicat malitiam*); mais ils devaient reconnaître, avec le même saint Bernard, que l'Eglise romaine est l'épouse du saint Esprit et la mère de tous les fidèles.

Il n'est rien de plus juste que cette conduite qui rend à chacun ce qui lui appartient, à la vérité la déférence qui lui est due, et à la vanité la raillerie qu'elle mérite. Les Prophètes ont agi dans ce même esprit; et comme ils ont adoré le vrai Dieu, ils se sont moqués des fausses divinités. Elie disait aux prêtres des idoles qu'ils criassent bien haut, parce que, leurs dieux étant de pierre, ils ne pouvaient manquer d'avoir l'oreille un peu dure.

Ne voit-on pas, dans ces exemples, qui font si bien le discernement du vrai et du faux, que tout ce qu'on appelle du nom de Pape n'est pas digne de nos respects, comme tout ce qu'on appelle du nom de Dieu n'est pas digne de nos adorations? Qu'y avait-il de plus bête que ce veau d'or que les Israélites appelèrent le Dieu d'Israël? et qu'y a-t-il de plus ridicule que ce nouvel homme, infaillible comme Jésus-Christ même, que les Jésuites appellent Pape? Ne faut-il pas mépriser ces chimères, et faire voir, en s'en moquant, qu'elles ne méritent pas le nom qu'on leur donne?

Il me semble qu'on ne saurait parler du Pape avec plus de respect que par rapport à Dieu même: et comme Dieu ne veut point qu'on fasse d'autres dieux (*non habebis Deos alienos*), je ne crois point que le Pape souffre qu'on fasse d'autre Pape (*neque omnem similitudinem*). Qui pourrait donc voir, sans indignation et sans mépris, cette fausse image d'un Pape infaillible dans les faits non révélés, que les Jésuites élèvent à la face du souverain pontife, et qu'ils veulent établir dans la place de celui qui est établi par Jésus-Christ même? C'est ainsi qu'ils se sont éloignés de la vérité, et que, s'égarant volontairement dans leurs erreurs, ils méritent d'en être punis par une juste raillerie.

En effet, qui ne rirait de voir ce grand corps, qui embrasse tout le monde, se resserrer ici et se presser, pour mieux soutenir une infaillibilité prétendue? Et qui ne rirait encore davantage d'entendre les raisons avec lesquelles les Jésuites défendent une prétention de cette qualité?

Ils mettent d'abord trois personnes dans leur Pape infaillible. Il est homme comme les autres, il est docteur particulier, il est docteur universel: et ces trois personnes sont trois prétextes pour éluder toutes les raisons que l'histoire, l'expérience et le sens commun apportent contre leurs desseins.

Ils disent ensuite : L'homme est menteur, le docteur particulier est suspect, le docteur universel est infaillible. Après cela, ils remêlent ces trois personnes qu'ils avaient seulement démêlées à dessein de les brouiller davantage ; et dans cette brouillerie, où l'on sait qu'il y a trois personnes que l'on ne connaît point distinctement, il est facile aux Jésuites de rejeter la faute sur celle qu'ils veulent rendre coupable. Ainsi, l'homme demeure toujours menteur, le docteur particulier toujours suspect, et le docteur universel toujours infaillible.

Mais dites-moi, monsieur, au cas qu'une de ces personnes fût condamnée au jugement de Dieu, que deviendraient les deux autres?

Croyez-vous qu'en même temps que l'homme et le docteur particulier seraient punis de leurs mensonges, le docteur universel serait récompensé de son infaillibilité ? Pour moi, tout ce que j'en puis dire, c'est que si l'on souffrait que ce triumvirat s'établît, il deviendrait aussi funeste à l'Eglise que le fut à la république romaine celui qui fit tant de proscrits et de malheureux.

Il y a bien de l'apparence que celui-ci finirait comme l'autre, duquel Tacite écrit que, les armes de Lépide et d'Antoine étant entre les mains d'Auguste, il usurpa le nom d'empereur et fit un empire de la république.

On voit bien que, les Jésuites voudraient en faire autant de l'Eglise ; ils voudraient changer le patrimoine de Jésus-Christ en la succession de César : et c'est principalement dans ce grand dessein qu'ils sont tous inséparablement unis (*omnes in causâ unum sumus*), dit le jésuite Suarez ; c'est le but de leurs prétentions, c'est la fin de leurs desseins, c'est le principe de leurs actions ; mais ce ne sera jamais pour moi qu'un sujet de raillerie. Je ne crois point devoir parler sérieusement d'une chose si ridicule. Il me semble qu'on ne saurait frapper fortement sur une matière si molle, et qui, ne pouvant résister aux grands coups, n'en reçoit aucune impression. On a bien vu que tant de raisons si fortes et si convaincantes n'ont rien produit contre les Jésuites, et que tout ce qu'on a tiré des conciles, des Pères, de la tradition et de l'Ecriture, n'a pu que les faire ployer pour un moment. Mais leur politique est encore plus souple que les roseaux qui se baissent quand le vent passe, et qui se relèvent aussitôt qu'il est passé.

L'on a cité contre eux tant de passages, qu'il y en a, non seulement pour convaincre, mais pour accabler l'esprit; on leur a fait voir que cette puissance générale qu'ils veulent introduire dans l'Eglise a été condamnée par saint Cyprien, saint Jérôme, saint Isidore, saint Bernard, saint Augustin, généralement par tous les Pères, et surtout par saint Grégoire-le-Grand, qui assure que quiconque prend le nom de prêtre universel, ou désire qu'on lui donne ce nom, est un précurseur de l'Antechrist. (*Ego autem fidenter dico quia quisquis se sacerdotem universalem vocat, aut vocari desiderat, in elatione sua Antichristum præcurrit.*) On leur a montré les suites pernicieuses de cette dangereuse autorité. On a compté d'une part les Papes qui se la sont attribuée, et de l'autre les Princes qui en ont ressenti l'injustice; mais les Jésuites font leurs raisons de ces exemples. Et quand on leur reproche que seize ou dix-sept Rois et Empereurs ont été déposés par l'arrogance de cette puissance générale, ils répondent froidement que ce qui s'est fait se peut bien faire; et comme ils ne distinguent point le fait et le droit, ils supposent toujours que les Papes ont eu droit de faire ce qu'ils ont fait effectivement.

Vous remarquerez donc, monsieur, que ce n'est pas seulement dans la cause de Jansénius qu'ils tiennent le fait inséparable du droit; ils portent cette maxime bien plus loin, et l'étendent à des questions bien plus importantes, jusque là que c'est là principale raison de Bellarmin pour établir la principauté souveraine des Papes sur les Rois ; car il remarque que jamais les Rois n'ont déposé des Papes, et que souvent les Papes ont déposé des Rois. Ainsi, passant tout d'un coup du fait au droit : « les Papes, dit-il, ont déposé des » Rois, donc ils ont eu droit de les déposer ; ils l'ont » fait, donc ils ont pu justement le faire. » Je sais bien que ces maximes des Jésuites sont encore plus horribles que ridicules ; mais puisque la vanité de ceux qui les font est insensible à la raison, il la faut piquer par la raillerie :

Ridiculum acri
Fortius et melius magnas plerumque secat res.

Je rirai donc, malgré qu'ils en aient, du fol amour qu'ils ont pour leur nouvelle hérésie, et des efforts prodigieux qu'ils font afin d'y engager tout le monde, ne s'étant pas contentés d'en faire un point de foi pour y obliger les fidèles, mais encore un principe de mathématiques pour y attacher les autres hommes. Cela me fait souvenir d'Archimède, qui se vantait de soulever toute la terre, si on lui donnait seulement un point dans l'air. Certes, le P. Darouy a été plus ingénieux qu'Archimède : il a trouvé ce qu'Archimède cherchait ; et cette nouvelle autorité de l'inquisition, que ce père mathématicien établit sur rien, est véritablement un point en l'air, où il commençait de lever une machine capable de renverser tous les états, si l'on ne s'était opposé à son entreprise.

Mais ce que je trouve ici de plus ridicule, c'est qu'ils font toutes ces choses dans la pensée qu'elles sont avantageuses au Pape. Ils ne voient pas que rien n'est plus contraire à l'autorité légitime du saint Siége que cette autorité supposée, et qu'en les proposant toutes deux comme également justes, ils les rendent également odieuses. Il n'y a point de Prince qui ne regarde cet empire universel comme un ennemi d'état, et qui n'ait autant d'aversion pour cette puissance étrangère qu'il a d'attachement à sa propre couronne. C'est ce qui fait le plus d'obstacle à la réunion de tant de Princes hérétiques ; car quand on leur dit que, pour être fils de l'Eglise, il faut devenir sujets du Pape, il arrive qu'au lieu de lui baiser les pieds, ils lui baisent les mains, et font protestation de n'avoir jamais affaire avec un tel homme.

Comment donc les ramener dans le giron de l'Eglise, sinon en leur montrant, malgré les Jésuites, que ce Pape effroyable qui leur fait tant de peur n'est pas le véritable Pape, qui est le vicaire de l'amour aussi bien que de la puissance de Jésus-Christ ? On ne vaincra jamais leur erreur qu'en leur faisant voir l'étrange différence qu'il y a entre ces deux Papes : l'un est institué par Jésus-Christ, l'autre est inventé par les Jésuites ; l'un est établi pour gouverner l'Eglise, l'autre n'est fait que pour la détruire ; l'un se nomme *Servus servorum*, l'autre *Dominus dominantium* : de sorte que, dans ce discernement si juste et si nécessaire, il est impossible d'avoir de l'indignation et du mépris pour l'un, sans avoir en même temps du respect et de la vénération pour l'autre.

Après ces éclaircissemens, je ne crois pas qu'on se fâche à Rome, si l'on se moque à Paris du nouveau Pape des Jésuites ; et comme le Roi ne s'intéresse point pour un roi de théâtre, je ne pense pas que le Pape prenne parti pour un pape de collége. Je ne saurais non plus m'imaginer que l'inquisition se mette en peine de ce que j'en ai dit ; et si j'en ai dit quelque chose qui semble un peu trop libre, c'est que je n'ai pu avoir plus de patience que Moïse, qui rompit les tables de la loi, quand il vit l'idole que les Israélites avaient élevée.

Il n'y a donc que les Jésuites qui ont fait ce Pape, qui seront fâchés de le voir défait ; mais que n'empêchaient-ils sa ruine ? et quand ils le firent infaillible, que ne le faisaient-ils aussi incorruptible et immuable, puisque l'un n'eût pas plus coûté que l'autre ? Mais enfin l'espérance de le rétablir est tombée avec lui ; les Jésuites en sont au désespoir ; et n'osant pas se plaindre de leur propre mal, parce qu'il est honteux, ils se plaignent de celui qu'ils m'accusent d'avoir fait au Pape. Mais personne ne pouvait me faire ce reproche avec moins de raison ; car s'il est vrai, comme ils disent, que le Pape est infaillible dans l'intelligence des sens, et s'il connaît les intentions des auteurs telles qu'elles sont, je puis bien jurer qu'il ne se tiendra point offensé de ce que j'ai dit, parce qu'il verra bien que j'ai seulement voulu parler de cette fausse idée de Pape qui n'a nul rapport avec lui, et qui a été censurée par la Sorbonne comme une erreur, condamnée par le Parlement comme une chimère, détestée par saint Grégoire comme une injustice, et moquée de tout le monde comme une chose ridicule. Pour moi, je n'ai point d'autre intention que celle du Parlement, de la Sorbonne, et de saint Grégoire. C'est là mon dessein, c'est ma pensée, c'est mon sens ; et les Jésuites ne peuvent l'obscurcir comme le sens de Jansénius ; je suis encore au monde pour l'expliquer, et je puis le faire en deux mois, si clairement qu'ils seront fâchés de voir une vérité si évidente et si contraire à leurs desseins. Ils feraient mieux sans doute de ne blâmer point ce que j'ai dit, que de m'obliger à faire voir les raisons que j'ai eues de le dire ; mais puisqu'ils m'accusent, il faut que je me justifie.

Ils sauront donc que tout cet endroit de mon poème où il est parlé du Pape n'est point de mon esprit particulier ; je n'y ai que l'expression : s'il y a des fautes de grammaire, j'en suis coupable ; mais s'il y a quelque erreur dans le sens, j'en suis innocent : ce n'est point moi qui parle ; ce sont les Français et les Jésuites qui disputent, chacun dans ses principes, et qui se pressent l'un l'autre sur les questions présentes. Tout ce que disent les Jésuites est pris de leurs auteurs, Molina,

Mariana, Suarez, Vasquez, Azor, Salmeron, Eudémon, Santarel, Bellarmin, Osorius, Scribanius, Lessius, Filliutius, Gretzer, Becan, Bauny, etc. Tout ce que répondent les Français est tiré des libertés de l'Eglise gallicane, et particulièrement d'un acte qui fut dressé par tous les états du royaume de France contre les bulles de Boniface VIII.

« A vous, très noble Seigneur notre Sire, par » la grâce de Dieu, Roi de France, supplie et re» quiert le Peuple de votre royaume, parcequ'il » lui appartient que ce soit fait, que vous gardiez » la souveraine franchise de votre royaume, que » vous ne reconnaissiez de votre temporel souve» rain en terre sinon Dieu, et que vous fassiez » déclarer (si que tout le monde le sache) que le » Pape Boniface erra manifestement et fit péché » mortel notoirement, en vous mandant, par let» tres bullées, qu'il était souverain de votre tem» porel, et que ceux qui croyaient le contraire il » tenait pour *hereges* (hérétiques); *item*, que » vous fassiez déclarer que l'on doit tenir ledit » Pape pour herege, et non pas vous, bon Roi, et » toute la gent de votre royaume, qui tous di» sent, toujours ont cru et croient le contraire. »

Tout le monde entend bien une déclaration si ouverte; et c'est une voix publique qui n'est inconnue à personne. Que les Jésuites comparent donc maintenant ce que les Français ont dit avec ce que je leur fais dire, toute la différence qu'ils y trouveront est que je les fais parler au présent, et qu'il y a long-temps que cet acte est passé; mais quoiqu'une telle remarque ne mérite point de réponse, je veux bien leur dire que cette déclaration de tout le royaume de France ne fut pas seulement faite à Philippe le Bel, mais à toute la postérité, que c'est une déclaration toujours présente, qu'elle est aujourd'hui confirmée par tous les Français, et que tous ceux qui ont le bonheur de vivre sous le règne glorieux de Louis XIV disent, avec la même fidélité que ceux qui vivaient sous le règne de Philippe le Bel, qu'en effet le Pape Boniface VIII s'était injustement attribué une puissance temporelle sur le royaume de France. Il n'y a que les Jésuites qui ne l'avouent pas, et qui, au contraire, ayant fait imprimer au Louvre la collection des conciles de Binnius, y ont laissé ces paroles si outrageuses à toute la France : *Philippum pulchrum, Galliæ regem, justè excommunicavit.* (Il excommunia justement Philippe le Bel, Roi de France.)

Je ne m'étonne donc plus si les Jésuites ne trouvent pas bon ce que j'ai dit, puisque c'est tout le contraire de ce qu'ils disent : mais je ne voudrais pas avoir mérité leur approbation par la conformité de mes sentimens avec les leurs, et je ne voudrais pas leur avoir plu en disant que les Papes ont justement entrepris sur les Rois. Il me semble qu'il est bien plus chrétien de remontrer respectueusement aux Papes que la puissance temporelle n'est pas de la succession de saint Pierre, et que Jésus-Christ, en lui donnant les clefs des cieux, ne lui donna pas celles de la terre. *In his successisti non Petro sed Constantino*, dit saint Bernard en l'écrivant même à un Pape. Mais comme les Jésuites n'osent pas témoigner leur ressentiment contre ce grand saint et les autres Pères de l'Eglise, ils n'ont pu faire autre chose que de tourner leur rage contre de célèbres théologiens qu'ils appellent *Jansénistes*, leur imputant tout ce qu'ils s'imaginent être mauvais, et les accusant même d'avoir fait mon *Onguent pour la brûlure*. Mais je veux les tirer de cette erreur, et leur montrer encore une fois que le fait et le droit ne sont pas une même chose, puisqu'ils connaissent bien ce que c'est que cet *Onguent*, et qu'ils ne connaissent pas qui en est l'auteur : ils savent de quelle force il est, voilà le droit ; et ils ne savent pas de quelle main il vient, voilà le fait ; ils ne pouvaient se tromper davantage qu'en l'attribuant à ces messieurs qu'ils appellent Jansénistes, car il est impossible qu'ils y aient eu aucune part, puisque je n'ai l'honneur ni de les connaître, ni d'en être connu. Je ne vois pas même qu'il y eût sujet de les soupçonner; et leur style est si différent du mien, qu'il faut ne le connaître point du tout pour ne le pas distinguer tout-à-fait. Ces pieux et savans écrivains ont toujours proposé la vérité d'une manière qui pût seulement la faire croire; et moi j'ai reconnu que ce n'était pas assez pour les Jésuites, et qu'il fallait encore la leur faire sentir. Je crois qu'ils ont eu raison, mais je ne pense pas avoir tort; car enfin la vérité même, quoiqu'elle soit immuable, nous paraît quelquefois douce et quelquefois terrible, et l'Evangile est partout mêlé d'amour et de crainte.

Mais après tout, je voudrais bien savoir pourquoi les Jésuites attribuent aux Jansénistes généralement tout ce qui se fait pour la défense de l'autorité royale, comme si les seuls Jansénistes étaient bons Français. S'imaginent-ils que leur nouvelle hérésie de l'infaillibilité dans les faits, soit d'une subtilité si grande que personne ne puisse en parler que ceux qu'ils nomment Jansénistes? Je ne vois pas pour moi que ce soit une chose si difficile à connaître; et chacun juge assez par soi-même que tout homme est menteur, et qu'ainsi l'infaillibilité prétendue ne peut être qu'une occasion de faillir plus que jamais.

Aussi, depuis que le Parlement a traité de chimère cette nouvelle idée d'infaillible, il n'y a plus que les Jésuites qui l'adorent; mais ils lui font encore tous les jours des sacrifices publics, et lui offrent en holocauste tous les livres composés pour l'autorité du Roi et pour la défense des libertés de l'Eglise gallicane, en lui sacrifiant aussi l'honneur et la liberté de tous ceux qui ne veulent pas l'adorer. Car il est vrai que, depuis que les Jésuites ont fait ce nouveau Dieu sur la terre, ils ne craignent plus d'offenser le ciel, ni commettre contre lui des injustices et des blasphèmes.

En peut-on voir une preuve plus convaincante que leur grand ballet dansé publiquement dans la cour du collége de Clermont, où (pour tout dire en un mot) l'on fit autant de postures impudiques que le jésuite Sanchez en décrit dans son *Traité du Mariage ?*

On parle bien différemment de la description que j'ai faite de cette ballade; et je ne puis mieux répondre à ceux qui m'accusent d'en avoir trop dit, qu'en leur opposant ceux qui me reprochent d'en avoir dit trop peu. Je crois, monsieur, que vous auriez été du sentiment des derniers, si vous aviez assisté à ce spectacle : car vous auriez vu d'abord les Jésuites dans d'étranges postures : les uns qui tenaient les barricades, et prêtaient main-forte aux Suisses; les autres qui allaient dans le parterre, et faisaient faire place au bal; les plus intéressés étaient sur le théâtre, où ils couraient perpétuellement d'un bout à l'autre, sans savoir ce qu'ils y allaient faire; les uns disaient aux violons, *Jouez*; les autres, *Ne jouez pas*; et de temps en temps, on en voyait qui venaient faire de petits prologues, et crier comme à la foire Saint-Germain : *Messieurs, on va commencer*. Enfin, tous ces incidens ensemble composèrent un *impromptu* qui fit rire les plus sérieux; mais au reste l'impureté de leur ballet fit rougir les plus impudens. Vous auriez dit, à voir leurs postures honteuses, qu'ils avaient perdu toute connaissance; vous auriez dit, à voir leurs étranges convulsions, que c'était des gens désespérés; et vous auriez avoué que, pour un mal aussi violent qu'était le leur, il fallait un *Onguent* aussi fort qu'est le mien. J'espère que Dieu bénira ce remède, et qu'enfin les Jésuites pourront être guéris de la passion de faire des énigmes infâmes et des ballets impudiques. Je vous remercie de l'avis que vous m'avez donné, et je suis, etc.

BARBIER D'AUCOURT.

Ce 1er avril 1664.

ONGUENT

POUR

LA BRULURE.

CHANT I.

Des Jésuites qui brûlent, et des différentes espèces de feux qu'ils allument.

Je sais que, pour bien vous écrire,
Et d'un air que vous dussiez lire,
Il faudrait, par quelque moyen,
Que votre esprit réglât le mien:
Sans cela, comment m'y prendrais-je?
Et dans quels termes vous dirais-je
Que ces livres si renommés
Et de tant d'esprit animés,
Ces livres si pleins de science,
Ces protecteurs de l'innocence,
Ces témoins de la vérité,
Ces défenseurs de l'équité,
Livrés enfin à l'injustice,
Ont souffert le dernier supplice?
Oui, dans la place où les bourreaux
Plantent leurs infâmes poteaux,

Une haine horrible à comprendre
A pu les mettre tous en cendre;
Mais leur supplice est glorieux,
Et leur cendre va jusqu'aux cieux.
Tant de cruautés si tragiques
Les rendent presque canoniques;
On les nomme avec dignité
Les martyrs de la vérité:
Et maintenant ce qui nous reste
D'un embrasement si funeste
Porte un caractère de saint,
Qui nous paraît bien mieux empreint,
Et que la piété publique
Conserve comme une relique.
  Mais de peur qu'un feu si fatal
Ne recommence un nouveau mal,
J'ai, pour dompter sa flamme impure,
Un peu d'*Onguent pour la brûlure.*
  Je vous en dirai le secret,
Et jusqu'au moindre petit trait.
Mais, pour agir avec méthode,
Et d'une manière commode,
Il faut premièrement parler
De ces gens qui font tant brûler;
Après, faire un petit sommaire
De ce qu'on brûle d'ordinaire;
Et puis nous empêcherons bien
Que jamais on ne brûle rien.
  Vous savez qui sont les Jésuites,
Ces admirables casuites.

Regardez-les bien : ce sont eux
Qui partout répandent ces feux ;
C'est ainsi que ces gens répondent
Aux ouvrages qui les confondent,
Brûlant avec impunité
L'innocence et la vérité.
On le voit que toutes les pages
Les plus justes et les plus sages,
Par une réprobation
Qui précède toute action,
A la flamme sont condamnées
Avant même que d'être nées ;
Et (dit-on) l'on en brûlera
Tout autant que l'on en fera.
C'est la sentence extravagante
Prononcée en la chambre ardente
D'Annat, plus brûlant qu'un tison,
Et plus fort en bois qu'en raison.
O l'agréable rhétorique !
O la merveilleuse logique,
Où, sans écrire et sans parler,
On ne travaille qu'à brûler !
Se peut-il rien de plus commode
Que cette nouvelle méthode,
Qui, pour décharger les esprits,
Met dans le feu tous les écrits ?
A-t-on de plus belles manières
Pour bien éclaircir les matières,
Que cette source de rayons
Qui nous les fait voir jusqu'au fonds?

Certes, les méthodes communes
Sont bien autrement importunes :
Elles sont pleines d'embarras ;
Il y faut aller pas à pas ;
Bien prendre toutes les mesures,
Bien reconnaître les figures ;
Mais ici, sans raisonnement,
On résout tout en un moment.
Car enfin c'est bien tout résoudre
Que de réduire tout en poudre ;
Et c'est la vraie invention
De sortir hors de question.
On n'en a point d'inquiétude,
Tout cela se fait sans étude ;
Et sans apporter tant d'*ergos*,
Il n'en coûte que des fagots.
  Mais afin que le feu s'excite,
Et que le bois brûle plus vite,
Les Pères soufflent nuit et jour,
Et dans la ville, et dans la cour ;
Et soufflant à perte d'haleine,
Autant que peut souffler leur haine,
On ne voit, dans ce corps fumeux,
Que souffleurs et que boute-feux,
Qui tous, par de noirs artifices,
Attisent les flammes des vices.

CHANT II.

Du feu de vanité allumé par les Jésuites.

Le premier feu qu'ils ont jeté
C'est le feu de la vanité ;
Et vous le voyez qui pétille,
Qui pirouette et qui sautille
Dans ce grand livre aventureux
Qu'ils ont fait eux-mêmes pour eux,
Où brille en de grands caractères
Le premier siècle de ces Pères.
  Ce livre n'a pas un feuillet
Qui ne soit plein d'un feu follet ;
Et l'on voit courir sur ces pages
De certaines flammes volages,
Qui, faisant égarer l'auteur,
Donnent bien à rire au lecteur.
  Là, par des lumières suprêmes,
Ces Pères, se peignant eux-mêmes,
Se donnent la vive couleur
D'une flamboyante valeur ;
Là, n'étant ni maigres ni pâles,
Ils se vantent d'être *francs mâles* [1] ;

[1] Ils sont tous des hommes mâles, ou plutôt des lions généreux qui ne sont étonnés d'aucun péril. (*Image du premier siècle de la Société*, pag. 401.)

Et, sans disputer sur ce cas,
Les femelles n'en doutent pas.
Pensez-vous que ce soient des hommes
Comme ceux du siècle où nous sommes?
Non, non: ce sont des *champions*,
Bien plus, des *aigles* [1], des *lions*,
Des *phénix* [2], en un mot des bêtes,
Tant à longs poils qu'à hautes crêtes.
Et certe, après ces noms divers
Dont eux-mêmes se sont couverts,
Leur troupe à bon droit se récrie :
« Quelle fleur de chevalerie!
» O grand Dieu! quels hommes choisis[3] !
» Quels protecteurs et quels appuis!
» Quels anges[4]! quels foudres de guerre,
» Pour défendre l'Eglise en terre! »
Voilà certe un bel air de cour;
Je veux le chanter à mon tour.
O plaisante bouffonnerie!
Quelle fleur de chevalerie!
O grand Dieu! quels hommes choisis!
Quels protecteurs et quels appuis!

[1] Les Jésuites sont tous des esprits d'aigle. (*Premier siècle de la Société*, pag. 406.)

[2] C'est une troupe de phénix, un auteur ayant montré depuis peu qu'il y en a plusieurs. (*Préface.*)

[3] Quels hommes choisis, ô Dieu immortel! quels foudres de guerre! quelle fleur de chevalerie! quels appuis! quels génies tutélaires et protecteurs de l'Eglise! (*Ibid.*, pag. 410.)

[4] C'est une troupe choisie d'anges. P. 410.

Quels anges! quels foudres de guerre,
Pour défendre l'Eglise en terre!
Ces Pères sont tous des héros [1],
Tous d'intrépides généraux;
Ils sont tous faits pour la conquête,
Ils sont tous nés le casque en tête [2],
Les bras armés et le cœur haut,
Tous prêts à monter à l'assaut.
Dans cette troupe renommée,
« Un seul homme vaut une armée [3],
» Et met plus d'ennemis à bas
» Que ne feraient vingt mille bras. »
O le beau discours pour apprendre!
Et qu'on a de plaisir d'entendre
Que les Jésuites de ce temps
Parlent comme les vieux Titans!
Mais quoi, c'est ainsi que ces Pères
Traitent de toutes les matières,
Depuis qu'ils se sont entêtés
De vouloir faire des traités:

[1] Ce sont des héros (p. 401). Les Jésuites sont tous des héros intrépides. (*Ibid.*)

[2] Je crois que tous ceux de cette Société sont nés le casque en tête (p. 30).

[3] J'ose dire que chacun d'eux est capable des plus grandes choses, et vaut lui seul une armée (p. 410). Chacun d'eux vaut une armée, et un seul de cette Société est quelquefois victorieux de tant d'ennemis, que vous jureriez qu'une grande armée n'en pourrait pas aisément autant vaincre qu'il en surmonte lui seul (p. 419).

Entêtement épouvantable,
Et de telle sorte indomptable,
Qu'en vain l'on croit que ces esprits
Puissent jamais être guéris;
Car enfin leur intempérance,
De peur de garder le silence,
Brouille, écrit, et parle sans choix
A toute la terre à la fois.
  Leurs livres, pleins de cris de guerre,
Imitent le bruit du tonnerre,
Et leur style artificiel
Est un tocsin perpétuel.
Ils n'écrivent rien que de poudres,
De canons, de bombes, de foudres,
D'exercices, de campemens,
De lignes, de retranchemens,
D'embuscades, de stratagème,
Et prêchent aussi tout de même.
  Écoutons Bernage à loisir;
Son sermon est fait à plaisir;
Le sujet passe l'excellence;
C'est le grand Augustin : silence.
  « Ce saint (dit-il) fut autrefois
» Un grand ennemi de la croix;
» Son cœur, à la grâce infidèle,
» Se retranchant toujours contre elle [1],

[1] Comme saint Augustin s'est retranché dans tous ses forts contre la grâce! combien de fois il s'est gabionné, fraisé, palissadé, afin de relever la victoire par l'opiniâtreté du combat!... Comme tous ces vices avaient

» S'était fraisé, gabionné,
» Palissadé, contreminé;
» Mais enfin la grâce animée,
» Donnant fort sur son gros d'armée,
» Sur tous ses vices faisant corps,
» Elle sut gagner les dehors,
» Si bien qu'avec cet avantage,
» Redoublant encor son courage,
» Elle attaqua si vivement,
» Qu'elle enfonça l'entendement,
» Tant qu'enfin s'étant efforcée,
» La volonté fut enfoncée. »
Le beau langage que voilà!
Qu'il est propre! qu'il sied bien là!
Fraise! gabion! palissade!
Les beaux mots! la belle enfilade!
Que cela marque bien l'esprit
Des Jésuites qui l'ont écrit!
  On les connaît à ce génie;
Ces soldats en théologie,
Qui, tout remplis de bastions,
De fascines, de gabions,
Ne distinguant nulle matière,
Traitent tout à la cavalière.

fait un gros d'armée, le combat y avait été bien plus rude; et la grâce, après avoir gagné les dehors, après avoir enfoncé l'entendement, n'avait fait que l'ébranler; et enfin saint Augustin ne se rendit qu'après que la volonté eut été aussi enfoncée. (*Sermon du P. Bernage, jésuite, dans la chapelle de Saint-Louis, le 28 août 1650.*)

Mais c'est bien pis de Brisacier,
Cet admirable aventurier,
Cet incomparable jésuite,
Devant qui l'on voit tout en fuite,
Ce fameux coureur de hasards,
Ce premier de tous les Césars,
Qui, sur tant d'exploits militaires,
Lui-même a fait des commentaires.
« Parmi, dit ce Père orgueilleux,
» Tant de services périlleux [1]
» Que l'on m'a vu rendre à la France,
» J'ai fait admirer ma vaillance;
» Et l'on sait assez que la peur
» N'a nul commerce avec mon cœur:
» C'est une passion de femme
» Qui n'approche point de mon âme,
» Et l'on a cru que dans l'emploi
» La peur même aurait peur de moi.
» Je vous presse en homme de guerre [2],
» Et vous ferai mordre la terre,
» Si vous piquez ma passion;
» Rendez-vous à discrétion,

[1] Parmi tant de services périlleux que j'ai rendus au public (*Jansénisme confondu*, p. 11), ceux qui me connaissent savent que la peur et moi n'ont point de commerce ensemble (*Avis au lecteur*).

[2] Mais si je vous presse en homme de guerre, il se faut rendre à discrétion, et confesser que je ne suis pas moins théologien que soldat (deuxième partie, p. 31).

» Autrement je vous perds sans trève,
» Après ce coup je vous achève [1],
» Et ce trait vous perçant le cœur
» Y grave le nom du vainqueur.
» Donne, tambour; sonne, trompette;
» Et que ce valeureux athlète,
» Ce grand théologien soldat [2]
» Soit couronné du nom de fat! »

[1] Je vous achève après ce coup (deuxième partie, p. 45). Je vous apprendrai que la guerre et la science ne sont pas incompatibles (quatrième partie, p. 11).

[2] Pressons de plus près notre adversaire, et qu'il sente qu'on n'attaque jamais un soldat impunément (deuxième partie, p. 36).

CHANT III.

Du feu de sédition allumé par les Jésuites.

Mais il s'élève un autre orage:
O Dieu, l'effroyable ravage!
Quelle étrange combustion!
C'est un feu de sédition!
Et c'est Darouy, le Jésuite,
Qui le soulève et qui l'excite.
Ce grand aventurier romain
A formé le vaste dessein
D'abattre sous le joug de Rome
Tout ce qui porte le nom d'homme.
Ce mathématique artisan,
Grand canonnier du Vatican,
Poussé d'une ardente furie,
Vient de planter sa batterie,
Et veut, en brûlant le Palais,
Mettre en cendre tous les arrêts.
Il veut, sur nos lois renversées,
Et sur nos libertés forcées,
Par une étrange invention,
Établir l'inquisition.
Il dit que c'est le saint office,
Le tribunal de la justice,
Et qu'elle ne prononce rien
Qui ne soit et juste et chrétien.

C'est elle pourtant qui prononce,
Par une funeste réponse,
En faveur du crime mortel
Du parricide Jean Chatel.
C'est ce saint office profane
Qui prostitue et qui condamne
L'arrêt si saint du parlement
Contre l'horrible emportement
Et l'exécrable violence
Du meurtrier de notre France.
Darouy sait cet attentat
Qu'elle a commis contre l'état;
Et lui qui le sait et l'avoue,
Y consent encore et la loue!
Il soutient, dans sa passion,
Qu'enfin cette inquisition
Est un oracle inviolable,
Toujours saint, toujours véritable,
Et qu'en un mot « tous les Français,
» Qui ne reçoivent pas ses lois
» Comme des règles canoniques [1],
» Sont moins chrétiens que politiques. »

[1] Præter accersitos è sacris paginis contra Copernicanam arcem canones, excutiuntur è Vaticano fulmina; proferturque sententia congregationis cardinalium inquisitioni præfectorum, qui terræ mobilis non tam hypothesim quam thesim legitima in Galilæo censura proscripsere, cujus quidem censuræ auctoritas, ut nulla sit apud audaciores aliquot mathematicos quam religiosiores, magni tamen ponderis est apud eos, qui non tantùm quod ecclesia præcipiat, verumetiam quò propen-

Quel discours ! et qui l'eût pensé
Qu'un jour il serait prononcé,
Hardiment, sans honte, en présence
Du premier parlement de France;
Que tant d'illustres sénateurs
En seraient un jour auditeurs;
Et que, par le moyen oblique
D'une *thèse mathématique*,
Les Jésuites captieux,
Assemblant le sénat chez eux,
Lui feraient entendre à lui-même
L'insolence de ce problème?

Certes, cet auguste sénat,
Juge et témoin de l'attentat,
Pourrait, par un droit bien solide,
Relever cette pyramide[1],
Que, par la plus sainte des lois,
Il leur fit dresser autrefois,
Lorsque leur perfide cabale
Eut blessé d'une main fatale
Ce roi digne de mille amours,
Et que nous pleurerons toujours,

deat observant accurate. An hæc vero censura controversiæ plane decretoria sit nihil hic puto necesse dicere; satis est ad rem nostram quod illa quale sit tenendum à nobis iter ostendat. (*Thèse de mathématique du P. Darouy, Jésuite, de l'année* 1665.)

[1] En 1594, le parlement fit dresser une pyramide à l'infamie des Jésuites complices de l'attentat commis par Jean Chatel en la personne du roi Henri le Grand.

Henri le grand, le bon, le juste,
Le fort, l'invincible, l'auguste,
Qui, malgré toute leur fureur,
Respire encor dans notre cœur,
Et qui, par sa gloire immortelle,
A rendu leur honte éternelle,
Quoique, par leurs soins assidus,
La pyramide ne soit plus.
Ah ! que le dessein serait sage
D'en refaire au moins une image,
Et là, d'un encre toujours frais
Et qui ne s'effaçât jamais,
D'une incorruptible écriture,
Marquer à toute la nature
Jusqu'où ces ennemis d'état
Osent porter un attentat;
Décrire leur perfide guerre
Dans la France et dans l'Angleterre :
Les alarmes de Commolet,
Les stratagèmes de Guéret,
Garnet incitant la Fougade,
Barrière animé par Varade,
Guinard..... mais je sens que l'horreur
M'arrête la main et le cœur.

CHANT IV.

Le feu d'avarice allumé par les Jésuites.

D'ailleurs un autre feu se glisse :
C'est le brasier de l'avarice ;
Dont les prodigieux efforts
Leur causent d'horribles transports.
Ce feu terrestre et flegmatique
Les jette jusqu'en l'Amérique,
Les disperse de toutes parts,
Les expose à tous les hasards,
Les transforme en mille figures,
Leur donne encor plus de tortures ;
Et ce feu qui, toujours nouveau,
Ne s'éteint pas même dans l'eau,
Les fait d'une ardeur vagabonde
Courir toutes les mers du monde.
  On les a vus dans un moment,
Par un funeste embrasement,
S'emparer des îles entières,
Du milieu jusques aux frontières ;
Et là, ces hommes enflammés,
Et presque à demi consumés,
Par cette avarice intestine
Qui les tourmente et qui les mine,

Font cuire à des fourneaux fumans,
Dans de grands bassins écumans,
La moelle des cannes sucrées
Que l'on cueille dans ces contrées;
Et demeurant là nuit et jour
Y soufflent le feu tour à tour.
Les noms étranges de leurs drogues
Rempliraient trente catalogues;
Et vous y verriez d'un côté,
Tant le quinquina que le thé,
Le sucre avec la cassonade,
Le gingembre avec la muscade,
Le benjoin, le musc et l'iris,
La myrrhe, l'encens, l'ambre gris,
Le bézoard avec la bétoine,
Le séné près de l'antimoine,
Le camphre, l'alun, le cristal,
L'ambre, la perle et le corail,
Et, puisqu'il faut que je finisse,
Tout ce que leur âpre avarice
Peut tirer, par de longs travaux,
Du sein de la terre et des eaux.
Quand cette avarice tranchante
Se va jeter sur une plante,
Hélas! en moins d'un tour de main,
On n'en voit pas rester un brin!
Tout d'un coup elle vous butine
Bois, écorce, feuille, racine;
Et ce qui surprend plus encor,
C'est que tout cela devient or,

Et que cette avare infamie,
Plus heureuse que la chimie,
Ne veut quelquefois qu'un moment
Pour faire un si grand changement:
Tant ces théologiens droguistes,
Et ces confesseurs herboristes,
Sont savans à nous débiter
Ce qu'ils ont su nous apporter.
Mais afin que leur avarice
Fût dans un plus libre exercice,
Et qu'ils eussent plus de moyens
De vendre leurs fruits indiens,
Ils jouèrent d'un stratagème
Au pape Grégoire treizième,
Obtenant, par un coup fatal,
Un certain bref médicinal [1],
Qui donne droit à leur lésine
De pratiquer la médecine.

[1] Omnibus et singulis præfatæ Societatis religiosis medicinæ peritis, nunc vel in futurum pro tempore existentibus, et de suorum superiorum licentiæ, quibuscumque personis infirmis sive illæ ejusdem Societatis religiosi, sive extranei et sæculares fuerint, absque aliquo conscientiæ scrupulo aut aliquarum censurarum et sententiarum vel aliarum pœnarum incursu, citra tamen aductionem et incisionem *per seipsos* faciendam, mederi liberè et licitè valeant, apostolicâ auctoritate tenore præsentium, quando tamen medici sæculares commodè haberi non possunt, indulgemus, et licentiam et facultatem eis concedimus et impertimur. Datum Romæ, apud Sanctum Petrum, sub annulo piscatoris, die 11 februarii anno 1576, pontificatûs nostri quarto.

Jugez donc si ces bonnes gens,
Qui sont médecins et marchands,
Savent bien ordonner de prendre
La drogue qui leur reste à vendre;
S'ils pensent bien, ces médecins,
A purger leurs gros magasins;
Et si ce qu'ils ont d'art s'empresse
A les renouveler sans cesse;
Puisque même on sait qu'à Lyon [1],
Ces médecins par faction
Disputaient aux apothicaires
Le droit de vendre des clystères,
Et vinrent jusqu'à cet excès,
Que d'en commencer le procès [2].
Enfin cette infâme lésine
Qui fait honte à la médecine,
Ce négoce pernicieux,
Si bas, si peu religieux,
Si honteux dans toute la suite,
Fit même rougir un Jésuite [3],
Et le força de condamner
Cette ardeur de tout rapiner.

[1] Argumentari præterea licet ex scandalo pharmacopolorum sæcularium qui hunc introitum in labores suos ferunt ægerrimè, et aliquando motâ apud judices lite, indemnitati suæ prospexere pro viribus. (Le P. Théophile Raynaud, Jésuite, dans son livre intitulé : *Hypparcus de religioso negociatore*, pag. 172.)

[2] En 1649, il y eut procès entre les Jésuites de Lyon et les apothicaires de cette même ville.

[3] Le P. Théophile Raynaud, Jésuite.

Il fit un volume contre elle,
Où, d'un style juste et fidèle,
Il en décrit les mouvemens,
Les étranges accroissemens,
Les cruels effets qu'elle cause,
Les dangers auxquels elle expose,
L'imprudence qui la conduit,
Et le scandale qui la suit.
Il y traite de ridicules
Ces médecins fondés en bulles,
Ces religieux pervertis,
En Hippocrates travestis,
Ces Galiens missionnaires,
Et ces Riolans sermonnaires,
Que l'avarice seulement
Fait médecins en un moment.
Il y fait voir que la routine
De cette fausse médecine,
Qui n'est que de vente et d'achat,
Blesse cruellement l'état;
Qu'elle rompt cet ordre harmonique,
L'âme de tout corps politique,
Qui l'entretient, qui le nourrit,
Et sans qui tout état périt.
D'ailleurs la pureté chrétienne,
Que faudra-t-il qu'elle devienne?
Et quels sont enfin les desseins
De ces confesseurs médecins,
Qui, pour voir le mal dans ses causes,
S'en vont, sur des couches de roses,

Avec un vœu de chasteté,
Toucher une jeune beauté [1] ?
C'est ce qui blessait ce bon Père,
Et ce que son zèle sincère
Condamna si chrétiennement,
Mais non pas certe impunément.
Il fut découvert dans les suites
Par ces médecins de Jésuites,
Qui sur-le-champ trouvèrent bon
D'ordonner quinze ans de prison [2] :
Jugeant par beaucoup d'axiomes,
Et sur grand nombre de symptômes,
Qu'il était à l'extrémité
Malade de la liberté.
Ainsi mettent-ils à la chaîne,
Et chargent de toute leur haine,
Ceux d'entre eux qui n'approuvent pas
Leur avare et honteux tracas.
C'est en vain qu'on veut en écrire :
Ils savent fort bien ne point lire ;

[1] Contrectatio femineorum corporum necessaria medicinam facientibus, sive ad explorandum pulsum, sive ad pertentandam ulceris non satis maturi qualitatem, ad incidendam venam.... omnis, inquam, hujusmodi contrectatio femineorum corporum per religiosos, quam sit illecebrosa, et periculi plena, norunt qui indè flammam in subjecto fomite concepisse dicuntur. (*Idem*, pag. 168.)

[2] Ce Jésuite fut tenu par ses confrères quinze ans en prison pour avoir fait ce livre.

Et malgré les plus justes lois,
Malgré toutes sortes de droits,
Malgré même le Décalogue,
Ces gens veulent vendre leur drogue;
Et pour un si digne sujet
Le contrat de Dieppe fut fait[1].
C'est, sans mentir, un bel ouvrage;
Et l'on y voit, de page en page,
Les clauses de ce grand traité,
Si célèbre et si concerté,
Par lequel ces révérends Pères,
En se nommant *Missionnaires*,
Font de moitié, pour cette fois,
Avec les marchands dieppois.
Ainsi leur morale s'exerce;
Et ce qui pour tous est commerce,
Par un détour d'intention,
Pour eux seuls devient mission :
Comme aussi, par ce même usage,
Le vaisseau de leur équipage,

[1] Contrat passé à Dieppe le jeudi 20e jour de janvier 1611, devant Thomas le Vasseur et René Bense, notaires : entre Thomas Robin et Charles de Biencourt, et les vénérables PP. Pierre Biard, supérieur de la mission de la Nouvelle-France, et Enemond Massé, de la compagnie de Jésus, présens et stipulans tant *pour eux* que pour la *province de France et ladite compagnie de Jésus*, pour la moitié de toutes et chacune les marchandises, victuailles, avancêmens, et généralement en la totale cargaison du navire nommé *la Grâce de Dieu*, etc.

Selon leur esprit et leur vœu,
Fut nommé *la Grâce de Dieu* :
Chacun travaillant dans sa place,
A rendre la grâce efficace.
Encor si ces sortes de gens
Se contentaient d'être marchands,
S'ils voulaient emprunter et rendre,
S'ils ne se mêlaient que de vendre,
Et qu'étant marchands réguliers,
Ils suivissent les séculiers.
Mais non ; et ces hommes de proie,
Toujours ardens, toujours en voie,
Toujours tout prêts à s'acharner,
Cherchent partout à rapiner,
Courent les plus fameuses villes,
Les campagnes les plus fertiles,
Les prés, les forêts, les vallons,
Les plaines, les coteaux, les monts;
Et ces francs écumeurs de terre,
De tous côtés portant la guerre,
Battent les cloîtres, les défont,
Et souvent les coulent à fond,
Sans qu'un naufrage si funeste
Laisse après lui le moindre reste.
C'est par ces étranges excès
Qu'ils ont emporté Mélinais,
Se sont saisis de la Tenaille,
Dans la Couronne ont fait ripaille ;
Et ces pirates trop heureux
Ont pris Belle-Branche pour eux.

Après toutes ces abbayes
A tant de saints ordres ravies,
Ces nouveaux soldats tonsurés
Ont attaqué les prieurés.
D'abord Saint-Jacques de La Flèche
Leur fut ouvert par une brèche;
Ensuite ils prirent Rebestein,
Rangiport, Chantel et Bréguin,
Gagnant par le même artifice
Saint-Denis d'Amiens, Saint-Maurice;
Portant leur empire fatal
Jusqu'à Pernos, et dans Noyal.
Ils tiennent Saint-Machaire en Guyenne,
Et Saint-Sauveur auprès de Vienne,
L'Eschenau, Madriau, Moissac,
Pamprou, Luire, Fliscourt, Chirac;
D'un autre côté, Gargenville,
Notre-Dame de Braqueville,
Et Notre-Dame de Loudun,
Tombent dans ce débris commun.
De même Saint-Martin de Ligue
N'a pu résister à leur digue,
Non plus qu'Andance et Bardenas,
Et tous ceux que je ne sais pas.
Hélas! ces pieux monastères,
Consacrés aux divins mystères,
Ces temples, ces saintes maisons,
Ne servent plus qu'à des larrons.
On a vu tomber en ruine
Les cloîtres et la discipline;

Et parmi le débris confus
Des autels souillés et rompus,
Il ne paraît plus que l'image
De ce triste et sanglant pillage,
Qui ne laisse après sa fureur
Que du silence et de l'horreur.
O Dieu! quelle métamorphose!
Et quelle en est l'étrange cause!
Autrefois, dans ces mêmes lieux,
De bons et saints religieux,
Joignant leur chœur aux chœurs des anges,
Chantaient les célestes louanges;
Et maintenant les noirs hiboux
Y répondent aux cris des loups.
Plus de prières, plus d'offices,
Plus d'encens, plus de sacrifices;
On trouve les livres sacrés
Profanés, rompus, déchirés,
Et dans tous ces grands monastères,
Ces nouveaux abbés plagiaires,
De mille artifices instruits,
N'ont jamais pris soin que des fruits,
Des fruits semés par l'imposture,
Des fruits cultivés par l'usure,
Et cueillis par cet art fatal
Qui fait impunément le mal,
Qui sait voler sans défiance,
Usurper avec assurance,
Tromper la sagesse des rois,
Et jouer de toutes les lois.

Quelle preuve en faut-il plus claire
Que ce contrat imaginaire,
Ce ridicule mohatra [1],
Que nul avant eux ne nomma?
Mais certe ils en savent bien d'autres,
Ces hommes qui font les apôtres,
Et, par un commerce odieux,
Vendent les enfers et les cieux,
Les sacrements, les maléfices,
Toutes les vertus, tous les vices,
Chacun avec proportion,
Tant pour une absolution,
Tant pour un plaisir impudique [2],
Et tant pour un secret magique [3].
Par là tout s'y trouve compris;
Chez eux chaque chose a son prix;
Comme aussi par cette prudence,
Dans tous leurs cas de conscience,
On voit que, sans nulle façon,
Chez eux chaque chose a son nom.

[1] Le contrat *mohatra* est celui par lequel on achète des étoffes chèrement et à crédit pour les revendre au même instant, à la même personne, à bon marché et argent comptant (*Escobar*, trac. 3, ex. 3, n. 36.)

[2] Occultæ fornicariæ debetur pretium in conscientia, multo majore ratione quam publicæ. (*Filiutius*, Jésuite, trac. 31, c. 9, n. 123.)

[3] Si le devin est habile sorcier, et qu'il ait fait ce qu'il a pu pour savoir la vérité, alors la diligence d'un tel sorcier peut être estimée pour de l'argent. (*Sanchez*, lib. 2, c. 38, n. 94, 95 et 96.)

Mais puisqu'on est sur le commerce,
Et sur la foi dont on l'exerce,
Voyons ce qu'on écrit Bauny [1],
Ce Jésuite si bien fourni.
Il sait à combien tout se monte,
Lui qui, dans son livre de compte,
A fait la somme des péchés
Avec tant de soin recherchés.
Sans doute il entend l'artifice
De trafiquer en bénéfice;
Et jamais on ne vit docteur
Mériter mieux d'être facteur.
L'usure ni la simonie,
De l'air dont il vous les manie,
N'ont jamais rompu de marché,
Et jamais ne l'ont empêché.
Il sait accommoder les choses
Avec certaines douces clauses:
Par exemple, celui qui vend
N'ira pas dire *je veux tant;*
Mais voyant celui qui marchande
La chanoinie ou la prébende,
Il lui fera son compliment:
« Monsieur, lui dira-t-il, vraiment,
» Je crois que le ciel vous envoie.
» Ah! monsieur, que je sens de joie
» De voir en vous tant de vertu!
» Enfin mon cœur en est vaincu,

[1] Livre du P. Bauny, Jésuite.

» Et je veux me faire justice,
» En vous donnant mon bénéfice. »
Dans le même instant l'acheteur
Lui répondra d'un air flatteur :
« Monsieur, que pourrais-je vous dire !
» Je vois vos bontés, et j'admire
» Que vous ayez le cœur si prêt,
» De faire un bien sans intérêt.
» Il faut pour cela, je vous jure,
» Que la vertu soit toute pure ;
» Mais cette bonté ne peut pas
» Trouver des cœurs qui soient ingrats. »
L'acheteur, après ce prélude,
Qui n'est que sur la gratitude,
Fait porter l'argent bien compté
Afin de payer la bonté.
Mais qu'ici rien ne nous effraie,
Ce n'est que la bonté qu'on paie :
De sorte que, par ce moyen,
La prébende ne coûte rien ;
Et deux mots de cérémonie
Purgent toute la simonie.
C'est ce que ces bons Pères font ;
Vous les voyez tous tels qu'ils sont ;
Et cet inutile artifice,
Dont ils couvrent leur avarice,
Nous montre bien, par ses détours,
Qu'elle est semblable à ces feux sourds,
Qui, sans bruit, se coulant sous terre,
Fondent le métal et la pierre.

Et s'étant long-temps renfermés
Sous de grands rochers enflammés,
Dans des mines et des carrières,
Tout d'un coup rompent leurs barrières,
Et font voir des gouffres ouverts
Qui descendent jusqu'aux enfers.

CHANT V.

Du feu de la vengeance allumé par les Jésuites.

Pousse, perce, crève, romps, tue.
Bon Dieu! j'ai l'âme tout émue!
D'où vient donc cette voix de mort?
Ah! c'est de ces feux qu'elle sort!
Où sommes-nous? quelles tempêtes!
Il pleut des foudres sur nos têtes;
Tout fume, tout est enflammé;
L'air n'est plus qu'un soufre allumé;
Et c'est une injuste vengeance,
Qui fait ces feux et qui les lance.
Ce sont les Jésuites vengeurs
De leurs insolentes erreurs,
Qui, par des brigues criminelles,
Excitent ces flammes pour elles.
Ce sont eux qui, dans leurs écrits,
Jettent ces effroyables cris;
Ce sont ces docteurs homicides
Qui forment des desseins perfides;
Qui disent que, dans un procès,
Pour en avoir un prompt succès,
Il y faut, d'une main hardie,
Tuer juge, témoins, partie [1],

[1] Tentat falsis testibus mihi delictum imponere vel

Et, sans rien attendre du sort,
Se faire un plein droit par leur mort.
Ce sont eux (mais peut-on le croire ?)
Dont la doctrine sanguinaire
Enseigne les assassinats,
Les guet-apens, les attentats,
Et n'estime l'âme d'un homme
Qu'une pomme [1] : ô ciel ! une pomme !
Ce sont enfin ces imposteurs
Ces impitoyables auteurs,
Qui, par d'exécrables maximes,
Permettent d'imposer des crimes,
Et qui, s'étant rempli le cœur,
De fiel, d'amertume et d'aigreur,
Vont vomir ce cœur plein d'ordure,
Sur l'innocence la plus pure.
On voit, depuis plus de vingt ans,
Ces cœurs dans le mal si constans,
Tous, avec des bouches immondes,
Jeter leur fiel comme des ondes,
Et faire un torrent écumeux,
Toujours bouillant, toujours fumeux,

omninò occultum propalare. Possumne vel testes, vel adversarium, vel etiam judicem occidere quando aliam evadendi viam non habeo ? possum. (Tambourin, Jésuite, *Explicatio Decalogi*, lib. 6, n. 16.)

[1] Il est permis de tuer pour un écu, et même pour une pomme (aut pro pomo), quand on estime qu'il est honteux de la perdre. (Lessius, n. 68.)

Dont le flux libre et sans obstacle,
Montant jusqu'au saint tabernacle,
Répand tout ce qu'il y a d'horreur
Sur les ministres du Seigneur.
Ils voudraient, ces malheureux Pères,
Effacer les saints caractères,
Et cacher les titres des cieux
Sous mille noms injurieux.
Toujours parlant de Jansénistes,
De Cyranistes, d'Arnaldistes,
Ils ne sauraient rien voir de bon
Sans le gâter par un faux nom.
Jusque là leur fureur s'échappe
Que lorsque l'on fit voir au pape
Ce juste écrit si modéré,
En trois colonnes séparé,
Annat aussitôt sur l'affaire
Trouva le nom de Colomnaire;
Et, par ce faux nom seulement,
Fit une secte en un moment.
De là tous ces noms d'hérétiques,
De scandaleux, de schismatiques,
D'excommuniés, d'imposteurs,
D'hypocrites, de novateurs,
De chiens muets et pleins de rage,
De loups qui cherchent le carnage;
Comme si, tout d'un même coup,
L'on pouvait être chien et loup.
Mais qu'importe à des cœurs parjures,
Pourvu qu'ils disent des injures!

Ils pensent peu, dans ce moment,
Si ce qu'ils disent les dément.
La preuve n'en est que trop claire
Dans ce Meynier si téméraire,
Dans ce Jésuite furieux,
Qui, par un discours odieux [1],
Plus cruel encor que le glaive,
Joint le Port-Royal à Genève,
Et le déclare insolemment
Ennemi du Saint-Sacrement.
O ciel! quelle horrible imposture!
O Dieu! l'insupportable injure!
Un Jésuite a-t-il mis son nom
A cet ouvrage d'un démon!
Et par quelle aveugle manie
N'a-t-il fondé sa calomnie
Que sur un livre si pieux [2],
Qui la ruine en cent et cent lieux?
Un livre où la foi de l'Église
Est si fidèlement comprise;
Un livre qui partout est plein
D'un culte entier et souverain,
D'un amour sincère et sans feinte,
Et de cette fidèle crainte

[1] Livre du P. Meynier, intitulé : *Le Port-Royal d'intelligence avec Dieu, avec Genève, contre le très-saint sacrement de l'autel.*

[2] Le livre *de la Fréquente Communion* par M. Arnauld, docteur de Sorbonne.

Que la présence du Seigneur
Doit faire naître au fond du cœur ;
Un livre, enfin, dont la doctrine
Pure, inviolable, divine,
Jette de merveilleux éclats
Sous le nom de quinze prélats.
Cependant c'est ce livre même
A qui Meynier dit anathème,
A qui cet injuste écrivain
Impute l'erreur de *Calvin*,
Non point par un coup de colère,
Ou par une haine légère,
Mais par un crime concerté,
Écrit, imprimé, débité,
Aussi public, aussi lisible
Que le Catéchisme et la Bible :
Car les Jésuites, comme on voit,
Pèchent sans crainte et de plein droit.
La retenue et le silence
Feraient affront à leur puissance ;
Et ces esprits présomptueux
Auraient honte d'être honteux.
Témoin l'extrême effronterie
De ce Vavasseur en furie,
Qui tempête, jure, maudit,
Crève de rage et de dépit,
Et dit tout ce qu'il sait d'horrible,
Contre un pasteur, prudent, paisible [1],

[1] M. Calaghan, docteur de Sorbonne.

Sans aigreur, et qui ne pensait
Qu'au petit troupeau qu'il paissait.
Hélas! ce pasteur sans envie,
Si réglé dans toute sa vie,
Était un pasteur sage et doux,
Qui ne haïssait que les loups.
Mais c'est ce qui causa la rage
De ce Jésuite anthropophage;
C'est ce qui lui troubla l'esprit
Dans cet abominable écrit,
Où, tout d'un coup, sans reconnaître
Ni le caractère de prêtre,
Ni l'emploi sacré de pasteur,
Ni la dignité de docteur,
Le premier mot qu'il ose écrire,
C'est: Si ce prêtre est un satyre [1].
Mais, bon Dieu! nous dira-t-il bien
Si lui-même il est un chrétien?
L'en croira-t-on sur ses blasphèmes,
Lui qui, sans crainte des cieux mêmes,
Fait un outrage si cruel
Au ministre du saint autel,
L'appelle reste de naufrage,
Monstre affreux vomi par l'orage,
Bourreau, scélérat, furieux,
Haï de la terre et des cieux,

[1] Écrit du P. Vavasseur, Jésuite, intitulé *Calughanus an satyrus.*

Bête féroce, tête indigne,
Gros bouvier, brutal, âne insigne,
Mulet d'Auvergne, homme chétif,
Sordide, pendard, fugitif [1].
Et ces mots redoublant encore
Le feu caché qui le dévore :
Où sont donc, dit ce furieux,
Où sont les fers, où sont les feux,
Les prisons, les cachots, les chaînes ?
Qu'on lui donne toutes les gênes !
Qu'il meure ! voilà son arrêt.
Quoi ! le bourreau n'est-il pas prêt ?
Vite, il faut fouetter, brûler, pendre,
Faire du sang et de la cendre.
Que tarde-t-on ? n'est-ce pas fait ?
Est-ce qu'on manque de gibet ?
Tôt, qu'on en fasse un, je le paie ;
Et si, par un sort qui m'effraie,

[1] Furcifer atque transfuga (p. 4). Quid ais bellua doctor es Sorbonicus ? O monstrum ! non patiar, non feram, Calagane ; non admittit illustrissimus ordo hæreticos ; non recipit damnatos ; perditos, profligatos non patitur (p. 6). Quis te alienigena vili et abjecto capite æquo animo ferat ! quis non magis in hiberniam ad pecora relegandum pronuntie...... fra bellua, homo ex hora productus, tu è tenebris emersus et sordidus... absit ut te furciferum cum illius (Brisacier), laude conferam (p. 20, 21). Quid est ergo, ô asine insignis (nisi potius velis te Alverniæ mulum) quam ob rem jubeas minus te credi arçadicum, quia tuas tibi sorbonico petaso auriculas tegere licuerit (p. 14). Homo terris cœloque inisus.... mare è sinu naufragum evomuerit, (p. 6).

Les hommes ne le font mourir,
Que les dieux le fassent périr [1] !
Les dieux! eh ! quel est ce langage?
Qui donc parle avec tant de rage?
Est-ce là la voix d'un chrétien ?
Pour moi je n'entends qu'un païen,
Un barbare, un sauvage, un Scythe;
Et cependant c'est un Jésuite!
Mais que lui répondre, après tout?
Comment commencer? par quel bout?
Puisqu'à peine l'on peut comprendre
Ce que sa fureur fait entendre,
Et que plus même on le comprend,
Plus l'étonnement en est grand,
Et plus l'horreur de ce qu'on pense
Force et réduit l'âme au silence.
Que dire encore à Brisacier!
Cet homme de flamme et d'acier,
Qui forge, bat, trempe, manie
Tous les traits de la calomnie;
Qui fait de cent sortes de dards,
Et veut percer de toutes parts

[1] Quid erat promptius quam scelestam illam linguam et acerrimam rescindere (pag. 5). Nullane Blesis vincula? nullus in carceribus locus, nulla crux, nullus carnifex? scribo quæso; habemus hic omnia; ferrum, ignes, rotæ non desunt, vacui carceres, libera ergastula, otiosus tortor, ne dubites; crucem, si desit, malim meis sumptibus impendere (pag. 20, 21).

Ceux dont la vertu trop sincère
Pique son injuste colère.
C'est lui qui, d'un style de fer,
Les nomme des portes d'enfer [1],
Et leur dit d'un ton effroyable
Qu'ils sont des pontifes du diable.
Mais que lui répondre en effet,
Sinon que l'outrage est parfait ;
Et que, comme dans la gravure
De quelque fameuse figure
On met sur l'ouvrage achevé,
Un tel l'a fait ou l'a gravé ;
De même à cette insigne injure,
Cet original d'imposture,
On n'a qu'à mettre d'un seul trait,
Le Père Brisacier l'a fait.
C'est encor Brisacier lui-même
Qui, sans chercher de stratagème,
Sans vouloir prendre aucun détour ;
Hardiment, sans crainte, en plein jour,
Outrage des vierges sacrées,
Et les nommé désespérées :
Elles dont l'unique bonheur
Est d'espérer en leur Sauveur.
Il les appelle impénitentes,
Ces vierges vraiment innocentes,

[1] Il les fallait charger généreusement et dire sans scrupule et sans crainte que c'étaient *des pontifes du diable et des portes d'enfer*. (P. Brisacier, *Avis au lecteur*, pag. 8, dans son *Jansénisme confondu*.)

Qui n'aiment que l'austérité,
La retraite, la pauvreté,
Et qui, dans leur chaste innocence,
Font encor plus de pénitence
Pour y pouvoir persévérer,
Que s'il fallait la réparer.
    Ce sont, dit-il, des vierges folles;
Mais, après ces fausses paroles,
Qu'il sorte d'entre les chrétiens,
Qu'il s'en aille avec les païens,
Puisqu'avec eux sa voix publie
Que la croix est une folie.
    Ce sont, poursuit cet imposteur,
Ce lâche et fier persécuteur,
Ce sont des asacramentaires;
Étrange et faux nom de sectaires,
Qui, selon son emportement,
Veut dire être sans sacrement.
Sans sacrement [1], ces vierges saintes!
Ces âmes de la grâce empreintes,
Ces cœurs pleins d'un céleste amour,
Sans cesse adorant nuit et jour
Le sacrement saint et suprême
Où Dieu se renferme soi-même,

[1] Les filles de Port-Royal ont pour règle de mourir sans sacrements, pour imiter le désespoir de Jésus-Christ; et qu'observant ces règles, elles feront une nouvelle religion de filles *impénitentes*, *de désespérées*, *de vierges folles*, *et tout ce qu'il vous plaira*. (4 part.)

Et veut sur ses propres autels
Être immolé pour les mortels !
Leur vive foi les sacrifie
Avec cette adorable hostie,
Et là, dans une pure ardeur,
Chacune, en lui donnant son cœur,
Devient la victime fidèle
De cette victime immortelle.
Mais Brisacier, ce forcené,
Cet homme au crime destiné,
Ce ministre de l'injustice,
En fait un autre sacrifice,
Et d'un style plus outrageux
Ni que les fers ni que les feux,
Marque partout sa violence,
Et les immole à sa vengeance.
Comme on voit qu'un cruel vautour,
Chassant dès la pointe du jour,
Armé de ses serres mortelles,
Poursuit les chastes tourterelles,
Et fondant sur leurs pauvres nids,
D'un simple feuillage garnis,
Soûle sa meurtrière envie,
Et les mange toutes en vie,
Leur cœur n'ayant pas expiré
Lorsqu'il est déja dévoré :
Brisacier, encor plus farouche,
Ouvrant sa dévorante bouche,
Blesse l'inviolable honneur
Des saintes vierges du Seigneur,

De ces amantes plus fidèles
Que les plus chastes tourterelles,
Et qui, par des charmes si doux,
Font que Dieu même est leur époux,
Et qu'il se plaît à les entendre,
Dans l'excès d'un amour si tendre,
Remplir son temple des soupirs
Que poussent leurs chastes désirs.
Mais c'est là, c'est où ce Jésuite,
Avec son infidèle suite,
Va leur faire sentir les coups
D'un impitoyable courroux.
C'est où s'emporte sa vengeance,
A toute force, à toute outrance.
Et tant qu'enfin ce furieux,
Excitant le courroux des cieux,
Voit sur sa damnable entreprise
Tomber les foudres de l'église [1].
Ainsi les Jésuites, brûlans,
De toutes parts étincelans,
Jettent le feu de leur vengeance,
Non pas seulement dans la France,
Mais parmi cent peuples divers,
Ou plutôt dans tout l'univers.
L'Allemagne en sait une histoire
Qu'à peine certe on pourra croire.

[1] Censure de monseigneur l'archevêque de Paris contre le livre intitulé, *le Jansénisme confondu*, par le P. Brisacier, à Paris, le 29 décembre 1651.

Tant ces Brisaciers allemands
Ont d'étranges emportemens,
Jusqu'à battre avec violence [1]
Des vierges d'illustre naissance,
Et les traîner publiquement,
Sans respect, sans ressentiment,
Sans...Mais c'est un fait qu'il faut lire,
J'en suis trop touché pour l'écrire;
Et puis je vois d'autre côté
Un autre incendie excité.

[1] *Astrum inextinctum Patris Hay benedictini.*

CHANT VI.

Du feu d'impureté allumé par les Jésuites.

C'est un feu qui noircit les âmes
Par l'impureté de ses flammes ;
Mais cependant le moine en veut,
Et le souffle encor tant qu'il peut.
Voyez comme sa flamme éclate
Dans cette belle ode incarnate,
Où le rouge est si bien vanté
Pour la couleur de la beauté.
Le moine y dit à sa galante
Que sa rougeur est plus brillante
Que les feux sacrés et divins
Qui consument les chérubins.
Il y contemple sa Delphine,
La prend pour une chérubine ;
Et ce galant des Amadis
S'imagine être en paradis.
Mais je sens bien que mon génie
Ne peut point faire la copie
De cet ouvrage sans égal,
En voici donc l'original [1].

[1] *Peintures morales du P. le Moine*, liv. 7.

« Les chérubins, ces glorieux,
» Composés de tête et de plume,
» Que Dieu de son esprit allume
» Et qu'il éclaire de ses feux,
» Ces illustres faces volantes
» Sont toujours rouges et brûlantes,
« Soit du feu de Dieu, soit du leur;
» Et, dans leurs flammes mutuelles,
» Font du mouvement de leurs ailes
» Un éventail à leur chaleur....
Le Père, dans ce beau langage,
Renonce au céleste héritage,
Et ne veut point aller aux cieux
Y voir les esprits glorieux.
A son avis, les demoiselles,
Sans comparaison, sont plus belles;
Et leurs jolis corps si bien pris
Valent mieux que de purs esprits.
Ainsi, tous ses ouvrages brillent;
Il n'a que des vers qui pétillent,
Et ne trace tous ses discours
Qu'avec la flèche des amours.
Il flatte, il muguette, il cajole,
Affecte une vaine parole,
Cause de toutes les couleurs,
Fait un bouquet de mille fleurs,
Et veut bien se donner la peine
D'accommoder une sirène [1],

[1] Le P. le Moine, dans une lettre intitulée *Plaisance*.

De lui mettre sa chaîne d'or,
Sa coiffe, son *apretador*,
Après que, sur le bord de l'onde,
Il a peigné sa tresse blonde.
   Vîtes-vous jamais rien de tel,
De si beau, de si naturel?
Et ne faut-il pas que l'Orphée,
Qui chante ce galant trophée,
Et qui trouve ces doux accords,
Ait le démon des vers au corps?
   Aussi ce poëte par nature,
Charmé de sa propre imposture,
Nous assure que la belle eau
De cet agréable ruisseau,
Sur le bord duquel il compose
Quelque douce métamorphose,
Sait si bien inspirer des vers
Par le doux bruit de ses concerts,
Qu'encor, dit ce galant jésuite,
Que l'on en fît de l'eau bénite
(Écoutez, sont ses mots exprès),
Elle ne chasserait jamais
Le démon de la poésie[1].
Ainsi parle ce beau génie.
   Hé bien! dites-moi maintenant
Si cela n'est pas surprenant?

[1] L'eau de la fontaine au bord de laquelle j'ai composé mes vers, est si propre à faire des poëtes, que, quand

La pointe n'est-elle pas bonne?
Et le bel esprit qui la donne
Ne fait-il pas bien voir qu'il rit
De l'Eglise et de Jésus-Christ?
Mais d'ailleurs il sait la méthode
De faire une église à la mode,
Une douce dévotion [1]
Conforme à l'inclination,
Une tendresse toute pure,
Qui ne force en rien la nature;
Certaines vertus du bel air,
D'un teint nourri, vermeil et clair,
Si charmantes dans les ruelles
Que les vices charment moins qu'elles,
Et ne sont pas si complaisans
Aux tendres désirs de nos sens.
Il plante de longues allées
De jasmin d'Espagne étoilées;
Et comme il est habile en tout,
Il met le paradis au bout.
Selon sa morale nouvelle,
La route des cieux est si belle,
Et le temps si divertissant,
Que l'on y va tout en dansant.

on en ferait de l'eau bénite, elle ne chasserait pas le démon de la poésie. (Le P. le Moine, dans la préface des *Peintures morales.*)

[1] Voyez le P. le Moine : *Dévotion aisée.*

C'est même imiter les étoiles,
Qui, perçant les plus sombres voiles,
Et brillant d'un feu sans égal,
Sont toutes les nuits dans le bal.

CHANT VII.

Le feu d'impureté allumé par les Jésuites, dans leur énigme de l'année 1663.

C'est par de semblables maximes
Que ces gens, qui sont faits aux crimes,
Ont mis Cupidon sur l'autel,
A la place de l'Éternel.
Dans leur énigme épouvantable,
Tous les dieux de l'ancienne fable
Se jouaient sans habillement
A l'ombre du saint sacrement.
Jupiter, le maître des nues,
Avait les cuisses toutes nues,
Et l'on aurait franchement dit
Qu'il venait de sortir du lit.
Junon, cette déesse alerte,
Était librement découverte,
Et montrait de certains appas
Que la pudeur ne nomme pas.
Au côté droit de cette belle,
Le dieu Momus, aussi nu qu'elle,
Lui jetait un regard brillant,
Et cajolait tout en raillant.
Cependant Saturne le père,
Ayant une faux plus légère,

Et rajeuni de la moitié,
Lui coupait l'herbe sous le pié.
Parmi ces plaisantes figures
Et ces chatouilleuses postures,
Cupidon, ce petit vilain,
Était aussi nu que la main,
Impudent comme un petit singe,
Sans habillement et sans linge,
Et cet amour trop indiscret
N'avait rien du tout de secret.
Voilà cette effroyable image
A laquelle on rendit hommage,
Et que l'on mit publiquement
Plus haut que le saint sacrement!
Voilà cet indigne mystère
Qu'ils placent dans le sanctuaire!
Voilà ces chimériques dieux
Dont ils sont les religieux!
Pour ces faux dieux, auteurs des crimes,
Ils prennent de jeunes victimes,
Dont le tendre tempérament
Peut s'enflammer en un moment.
Ces enfans qu'on leur abandonne,
Et dans qui tout le sang bouillonne,
C'est ce que leur vœu criminel
Destine à ce profane autel.
Mais après ce faux sacrifice,
Tout plein d'ordure et d'injustice,
On vit ces dévots de Junon
Et ces prêtres de Cupidon

Faire une ballade impudique
Qui fut une honte publique,
Sous le nom tant de fois chanté
Du *Ballet de la vérité.*

—

CHANT VIII.

Du feu d'impureté allumé par les Jésuites, dans leur ballet de l'année 1663, intitulé *Ballet de la Vérité.*

Ce fut où ces Pères coupables,
Pour paraître plus véritables,
Et montrer un cœur ingénu,
Mirent le crime tout à nu.
On vit une troupe enflammée,
De l'esprit d'enfer animée,
Qui, sortant des plus sombres lieux,
Tout d'un coup vint sauter aux yeux,
Et par des efforts impudiques,
Des sauts frisés, des pas lubriques,
Fit un épouvantable ébat
Qu'on n'a jamais fait qu'au sabbat.
Là, le sorcier et la sorcière,
Tant par devant que par derrière,
Montraient d'horribles passions,
Dans leurs infâmes actions.
Ils se donnaient des embrassades
Aussi rudes que des ruades,
Et, dans cet infâme haras,
Faisaient l'amour à tour de bras.
De plus en plus croissaient les flammes:
Les hommes excitaient les femmes,

5.

Et tous, ennemis du repos,
Pied contre pied, dos contre dos,
Paraissaient, dans ces sales fêtes,
Bien moins des hommes que des bêtes;
Et l'on ne voyait rien d'humain
Sous ce masque indigne et vilain.
L'homme n'était plus connaissable,
Sous cette image épouvantable;
On n'y voyait plus un seul trait
De cet adorable portrait,
Par qui la bonté souveraine
S'est peinte en la nature humaine.
Ce n'était que feu, que fureur,
Que dérèglement et qu'horreur;
Et, dans ce malheureux orage,
Une luxurieuse rage
Poussait ces horribles momons
A contrefaire les démons.
Là, se donnant mille tortures,
Ils péchaient en mille postures,
Et faisaient, dans ces faux appas,
Autant de crimes que de pas.
De haut, de bas, à droite, à gauche,
Tout leur corps était en débauche,
Et dans leurs transports violens,
Dans leurs impétueux élans,
Dans leurs fougueuses pirouettes,
Leurs écarts, leurs tours, leurs courbettes,
Et tous leurs sauts précipités,
On eût dit qu'ils s'étaient frottés

De cette graisse ensorcelée
Qui donne une haute volée ;
Car enfin ces sorciers volaient,
Plutôt qu'ils ne capriolaient.
Dans un mouvement de tonnerre,
Ces danseurs ne touchaient pas terre,
Et semblaient porter jusqu'aux cieux
Des combats si luxurieux.
Enfin, ces monstres détestables,
Et dans le crime insatiables,
Après tant d'efforts et de coups,
Étaient las et n'étaient pas soûls.
La rage tenait lieu de force ;
Et par une dernière entorse,
Ils firent sous un sale joug
Tout ce qu'on fait autour du bouc.
Alors les passions immondes,
Sortant des nuits les plus profondes,
Vinrent, dans une grande cour,
Souiller la lumière du jour ;
Et là, les horreurs étalées
Et les saletés dévoilées
Forcèrent la terre et les cieux
De voir ce spectacle odieux.
Répondez maintenant, mes Pères ;
Mais parlez en termes sincères :
Faites-vous donc profession
D'une insolente passion,
Forçant l'honnêteté publique
Par une danse si lubrique ?

Parlez donc : vos arcs triomphaux
N'étaient-ils si grands et si hauts,
Et faits avec tant d'artifices,
Que pour le triomphe des vices ?
Et tout ce palais enchanté,
Était-ce pour l'impureté ?
Répondez-nous, Pères infâmes :
N'aviez-vous invité les dames
Qu'afin de les faire rougir
Par vos sales façons d'agir ?
Mes Pères, qu'avez-vous à dire ?
Et que préparez-vous d'écrire,
Pour excuser une action
Si pleine d'exécration ?
Ce n'est pas une promptitude :
C'est un emploi, c'est une étude,
C'est un conseil où le hasard
N'a point eu de lieu ni de part.
Ce ne sont pas de ces pensées
Qui viennent sans être forcées,
Et dont les cœurs et les esprits
Se trouvent tout-à-coup surpris.
Non, vos desseins sont trop grotesques ;
Vos sentimens sont trop burlesques ;
Et, pour en rencontrer quelqu'un,
Il faut sortir du sens commun.
Il faut aller prendre ces choses
Au-delà de toutes les causes ;
Et ces fantasques faussetés
Coûtent plus que des vérités.

Oui, toutes ces vaines idées,
Dont vos âmes sont possédées,
Ne sauraient venir que de loin,
A force de temps et de soin;
Et comme jamais l'imposture
Ne se trouve dans la nature,
Il faut que, par un art exprès,
Vous ayez forgé ces faux traits.
Avouez-le, révérends Pères;
Combien ces vilaines chimères
Vous ont-elles causé d'ennuis,
Et donné de mauvaises nuits!
Car encor que ces sots mensonges
Ne soient que d'impertinens songes,
Vous savez trop certainement
Qu'on ne les fait pas en dormant.
Et si vous nous vouliez tout dire,
Vous nous diriez bientôt, sans rire,
Que ces sentimens vicieux
Portent leur supplice avec eux;
Que ces conceptions hideuses,
Comme des couches monstrueuses,
Donnent un tourment sans égal
Et ne produisent que du mal.
N'est-il pas vrai que cette danse
Vous a fait perdre contenance,
Et que, dans ce ballet gêné,
La tête vous a bien tourné?
O qu'une action si vilaine
Vous coûte de temps et de peine!

Il faut l'avouer entre nous :
Car enfin comment nieriez-vous
Que cette ballade emportée
Ne fut pas long-temps concertée,
Puisque c'étaient de longs concerts
Qui faisaient retentir les airs?
Vingt violons, tous de mesure,
Par le son marquaient la figure;
Et la figure et la façon
Aussitôt répondaient au son.
Tous vos danseurs et vos danseuses,
Dans ces mascarades honteuses,
D'un sot geste et d'un pas brutal,
S'accordaient à faire le mal.
D'autres que vous, dans cette affaire,
Ne sauraient que dire et que faire :
On les verrait tous confondus,
Et ce seraient des gens perdus.
Mais vous avez une morale
Dont l'autorité sans égale,
Par un détour d'intention,
Ou par quelque restriction,
S'en va faire un ouvrage insigne
De l'action la plus indigne;
Et souvent l'on est étonné
Qu'après qu'elle a fait et tourné,
L'injuste devient légitime,
Les vertus renaissent du crime,
Et l'on doit enfin couronner
Ce que l'on voulait condamner.

Cette morale à toute guise,
Qui farde, qui peint, qui déguise,
C'est justement ce qu'il vous faut
Pour couvrir ce honteux défaut.
Elle louera votre magie,
Elle en fera l'apologie;
Ou plutôt c'en est déjà fait,
Puisque, sans former un seul trait,
Cette autre *Apologie* ancienne [1],
Si grande et si molinienne,
Que votre morale vous fit,
Est propre en ce cas, et suffit.
Elle permet d'être perfides,
Impurs, séducteurs, homicides,
Pourvu qu'on ait l'invention
De diriger l'intention.
Vous direz donc avec instance
Que, dans cette lubrique danse,
Tout votre esprit était porté
A nous prêcher la pureté;
Et que, par une sainte adresse,
Par une pieuse finesse,
Vous avez découvert aux yeux
Le crime le plus odieux,
Afin qu'étant vu dans lui-même,
On en prît une horreur extrême;

[1] *Apologie pour les Casuistes*, condamnée à Rome et par toute l'Église de France.

Rien n'étant plus ingénieux
Pour corriger les vicieux,
Que de leur exposer le vice
Dans tous les traits de sa malice;
Et c'est pourquoi ſut inventé
Le *Ballet de la Vérité.*
Voilà quelles sont leurs répliques,
Qui sont d'autres flammes obliques;
Car, du premier au dernier bout,
Ce n'est enfin que feu partout.
Mais parmi des flammes si fortes
Et de tant de diverses sortes,
Tant de brasiers de vanité,
Tant d'éclairs d'impudicité,
Tant de tonnerres d'arrogance,
Et tant de foudres de vengeance,
Ces gens n'ont pas la moindre ardeur
Du chaste feu de la pudeur.
Soit qu'ils mentent, soit qu'ils trahissent,
On ne voit jamais qu'ils rougissent;
Et ces hommes si dangereux
Font rougir les autres pour eux.

CHANT IX.

Ce que c'est que le Jansénisme, que l'on prétend brûler dans tous les livres qu'on brûle.

J'aurais bien voulu pouvoir taire
Tous ces maux qu'ils ont osé faire;
Mais cette longue vérité
Était de la nécessité,
Pour bien connaître la nature
De cet *Onguent à la brûlure:*
Car, suivant l'ordre général,
Lorsque l'on veut guérir un mal,
Il faut d'abord, sur toutes choses,
En bien reconnaître les causes;
Et c'est pourquoi j'ai dû parler
De ces gens qui font tout brûler;
Comme aussi, par cet aphorisme,
Je dois parler du Jansénisme,
Puisqu'enfin c'est sous ce faux nom
Que l'on jette au feu la raison.
La grand'bande des Molinistes
Ne parle que de Jansénistes;
Et, depuis plus de quatorze ans,
En épouvante les enfans:
Leur faisant dire au catéchisme,
Dieu nous garde du Jansénisme,

De ce monstre que Lucifer
A vomi du creux de l'enfer!
Un jour un Père tout en flamme [1],
Ayant long-temps appris sa gamme,
La vint chanter en un sermon,
Criant à force de poumon:
« Le Jansénisme est dans le monde,
» Comme l'hydre en poison féconde,
» Qui, d'une goutte de son sang,
» Faisait naître un nouveau serpent,
» Et qui n'eût point été vaincue,
» Sans Hercule et sans sa massue. »
Certes, cette comparaison
S'accorde fort à la raison;
Car enfin cette hydre effroyable
Et ce Jansénisme exécrable
Ont beaucoup de conformité:
Et tous deux n'ont jamais été.
Tous deux ont cela de semblable
Qu'ils sont fort chantés dans la fable,
Et que les Pères fabuleux
Parlent très souvent de tous deux.
Mais par là même il est visible
Que ce Jansénisme terrible
N'est qu'un spectre faible et nouveau
Formé dans le creux du cerveau;

[1] Le P. Brisacier, Jésuite, dans un sermon prêché dans l'église de Saint-Solenne, à Blois, le 29 mars 1651.

Que cette hérésie étonnante
N'est qu'une parole sonnante,
Un terme purement vocal
Qui n'a rien du tout de mental;
Car s'il en avait quelque chose,
Certes, depuis que l'on en glose,
Je crois qu'on aurait achevé,
Et qu'enfin quelqu'un l'eût trouvé.
D'ailleurs, les évêques, nos pères,
Interprètes des hauts mystères,
Auraient justement éclairci
Le mystère qu'on fait ici;
Mais puisque, dans leurs assemblées
Trois ou quatre fois redoublées,
Leur admirable jugement
Se termine au mot seulement,
Il faut tenir pour authentique
Que ce Jansénisme panique,
Que l'on faisait si dangereux,
N'est rien qu'un mot qui sonne creux,
Une question de grammaire
Qui ne vaut pas qu'on délibère,
Enfin n'est qu'une erreur en jus
Qu'on appelle Jansénius.
Mais si ce nom que chacun nomme,
Et qu'on a tant maudit à Rome,
N'est pas borné par un objet,
Ni resserré dans un sujet,
Sachez que c'est un artifice
De ces professeurs en malice.

Et que, par un dessein caché,
Ils l'ont finement détaché,
Afin que leur esprit l'applique
Quand le voudra la politique;
Perdant, sous ce nom malheureux,
Quiconque parlera contre eux.
Ces gens naissans avec le casque,
Font de ce nom comme d'un masque:
Ils en déguisent l'équité;
Ils en morguent la vérité;
Ils en font une momerie,
Un faux jeu de bouffonnerie,
Où, comme tout Paris connaît,
Ils se sont servis de Cornet.
Cornet, le malheureux organe
De cette bande si profane,
Fut pris pour l'exécution
De cette horrible invention.
Cet artisan mélancolique,
Au fond de sa noire boutique,
Forgea cinq dogmes principaux,
Qui sont cinq crimes capitaux;
Et ces cinq maximes, tournées
Exprès pour être condamnées,
Faisaient voir tant de fausseté
Que d'abord le Pape irrité
Lança fortement de sa chaire
Tous les foudres de sa colère.
Ainsi, l'on doit peu s'étonner
Si, d'abord on ouït tonner,

Et si, du premier coup de foudre,
Rome les réduisit en poudre;
Mais certes, les plus grands esprits
Ne sauraient être trop surpris
Qu'un prélat auquel on impose,
Et qui ne fut point dans la cause,
Au bout de cet évènement,
Se trouve dans le jugement;
Et qu'une trop prompte sentence
Dise anathème à ce qu'il pense,
Même sans qu'elle ait prononcé
Ce que ce prélat a pensé.
   Alexandre, par ses censures,
Condamne les cinq impostures,
Comme un œuvre d'iniquité,
D'erreur et de témérité;
Et de plus ce pontife insiste
Que c'est dans le sens janséniste:
Mais ce grand vicaire de Christ
Touchant ce sens n'a rien écrit,
Sachant bien que dans cette affaire
Jésus-Christ n'a point de vicaire,
Et que, pour voir au fond du cœur,
Il faut en être créateur.
Aussi, par un art fort commode,
Chacun fait un sens à sa mode;
Et même on sait que, pour le choix,
On en a fait sept à la fois,
Dans lesquels des gens assez bêtes
S'imaginaient voir les sept têtes.

De ce monstre horrible à l'esprit,
Que l'Apocalypse décrit.
D'autres personnes scrupuleuses,
Après mille opinions creuses,
Demandaient à tous les passans
Quel était donc ce mauvais sens.
Et voyant qu'en cette matière,
Chacun parlait à sa manière,
Ces dévots ont cru bonnement
Qu'on leur cachait pieusement,
Et que ce sens illégitime
Était ce détestable crime,
Ce crime qu'on n'ose exprimer,
Et que Paul défend de nommer.
Mais s'il faut que l'on s'en rapporte
A cette peinture si forte
Qu'en a fait la Société
Dans son Almanach [1] si vanté,
On connaîtra, par la gravure
De cette fameuse figure,
Que ce Jansénisme embrouillant
N'est qu'un songe fait en veillant,
Une peinture vagabonde
Qui long-temps a couru le monde,
Un renversement du cerveau,
Un chaos horrible et nouveau,
Et semblable en beaucoup de choses
Au chaos des métamorphoses.

[1] Almanach fait par les Jésuites en l'année 1654, intitulé *la Déroute des Jansénistes*.

On y voit un prélat dépeint,
Avec son habit le plus saint :
Cette robe qu'il avait mise
Au jour qu'il épousa l'Eglise.
Et ce prélat presque rampant
A les ailes d'un vieux serpent.
C'est ainsi que le Moliniste
Nous dépeint le sens janséniste.
Mais pouvait-il dépeindre mieux
Un spectre superstitieux ?
Et les hommes ont-ils des ailes
Autre part qu'aux faibles cervelles ?
Donc, à le considérer bien,
Ce sens est un peu plus que rien :
Une glose sans aucun texte,
Un prétexte sans nul prétexte,
Et qu'on peut nommer justement
L'art de médire impunément.
Peut-être nos nouveaux apôtres,
Qui sont si différens des autres,
Voyant qu'un apôtre a dicté
Que la sincère charité,
Lorsqu'elle n'a point d'artifices,
Couvre obligeamment tous les vices :
Ils n'ont pas jugé qu'il fût bon
De pratiquer cette leçon.
Mais, par un esprit tout contraire,
Ils se sont efforcés de faire
Un certain sophisme confus
Qui couvrît toutes les vertus ;

Et cette espèce de sophisme,
Est le faux nom de Jansénisme.
En effet, qu'un homme de bien
Tâche d'être vraiment Chrétien,
Qu'il tienne son âme soumise
A toutes les lois de l'Eglise,
Qu'il rejette les fictions;
Qu'il chasse les préventions;
Qu'il suive l'ordre hiérarchique,
Et le chemin évangélique:
C'en est fait, l'arrêt est donné,
Ses actions l'ont condamné;
Et selon l'esprit moliniste,
C'est un pur et franc Janséniste.
D'ailleurs, quand un prédicateur,
Qui ne veut point être flatteur,
Prêche, malgré la complaisance,
Une sincère pénitence;
Quand, par une sainte union,
Au discours il joint l'action,
Quand sa conduite instruit et touche,
Quand le cœur enseigne la bouche,
Et que, parlant selon l'esprit,
Il est la voix de Jésus-Christ,
Vous le croiriez un Jean-Baptiste;
Cependant c'est un Janséniste;
Et les Pères ont résolu
De nommer ainsi la vertu.
De plus, une femme modeste,
Qui, n'affectant point d'être leste,

Pare seulement sa beauté
Des traits de sa pudicité;
Une humble fille de l'Eglise,
Sage, obéissante, soumise,
Qui ne porte point en ruban
Ces vaines pompes de Satan
Qui déshonorent les chrétiennes
Et les déguisent en païennes,
Mais qui s'habille simplement,
Et pour se couvrir seulement;
Il ne faut pas qu'on y résiste,
C'est une double Janséniste.
Tous les Jésuites le diront,
Et, s'il le faut, le signeront.
Tout de même un sujet fidèle,
Qui, portant un cœur plein de zèle,
Grave, avec plaisir, au milieu,
Qu'il n'a qu'un roi, non plus qu'un Dieu,
Et que tout ce que Rome jape
Des prétendus pouvoirs du Pape,
Du droit de déposer les Rois,
De rompre et d'abolir leurs lois;
Tout cela n'est qu'une erreur vaine,
Et pour dire encor plus romaine.
Mais certes, prenons garde ici,
Car quiconque ose écrire ainsi
Est un.... et sans nulle dispense
Un Janséniste par essence.
Enfin, c'est un point arrêté
Par la grande Société,

Que l'amour de la pénitence ;
L'humble et la solide science,
L'étude de la vérité,
Le respect de l'antiquité,
L'imitation des saints Pères,
La révérence des mystères,
La soumission pour les lois,
La fidélité pour les rois,
La discipline canonique,
Et la morale évangélique ;
Tout cela, si l'on vient au fait,
Est un Jansénisme parfait ;
Et c'est comme ces politiques
Nomment les vertus catholiques.
Ils ont trop peur qu'en les nommant
Par leurs propres noms seulement,
Ces noms, dont la gloire est si pure,
Ne confondent leur imposture ;
Et, par cette injuste raison,
Ils les couvrent de ce faux nom.
Mais quand ensuite on leur demande
Ce qu'il faut par là qu'on entende :
« C'est, vous disent-ils hardiment,
» Un funeste dérèglement,
» Une erreur en erreurs féconde,
» Et le plus grand vice du monde. »
Mais n'attendez pas que jamais
Ils vous disent en mots exprès,
Sans y rien mêler de sophiste,
En quoi ce grand vice consiste.

Point du tout, et parmi leurs cris
On demeure enfin tout surpris
De voir que ce vice exemplaire,
A tous les autres si contraire,
Est d'un véritable Chrétien
Qui n'agit que pour le vrai bien,
Et que même il a pour complice
Le pur esprit de la justice.
C'est aussi de quoi s'étonner,
Lorsque, venant à raisonner,
On voit que ceux que l'on accuse
De ce faux nom dont on abuse,
Ne sauraient être convaincus
Que des plus solides vertus.
Pour moi, je le crois, plus j'y pense :
Oui, l'on verra tourner la chance;
Et sans doute que les auteurs
De ces procédés imposteurs
Et de ces lâches stratagèmes
Y seront attrapés eux-mêmes.
Je vois déjà que le grand cours
C'est de douter de leurs discours;
On n'en croit plus leur calomnie,
Et le monde qui se méfie
Ne veut plus juger sans raison
De la personne par le nom;
Mais, comme la raison l'ordonne,
Juger du nom par la personne :
De sorte qu'on peut espérer,
Et même l'on peut assurer

Qu'enfin le nom de Janséniste,
Malgré la haine moliniste,
En tous lieux sera reconnu
Comme le nom de la vertu,
Puisque c'est, au temps où nous sommes,
Le nom des plus vertueux hommes.
Cependant, que n'a-t-on point fait
De ce nom tant de fois extrait!
Et quelles bizarres chimères
N'en ont point formé les bons Pères!
Tantôt, c'est un affreux serpent
Qu'ils ont vu volant ou rampant,
Sur les sables ou dans la nue,
Suivant que leur tête s'est mue.
Tantôt, c'est un fleuve infecté,
Où toujours l'orage excité
Fait un débordement funeste,
Mêlé de poison et de peste.
Tantôt, c'est un camp de mutins,
Qui, de même que des lutins,
Donnent les coups les plus sensibles,
Avec de longs bras invisibles.
Que vous dirai-je ici de plus!
Ils ont tourné ce nom confus,
De tant de sortes surprenantes,
En tant de choses différentes,
Qu'après tout leur vaste cerveau
En a fait un pays nouveau,
Et, suivant toujours leur génie,
L'ont appelé la *Jansénie* [1].

[1] Livre intitulé *le Pays de Jérémie.*

Avec un moment de loisir,
Vous en aurez tout le plaisir ;
Vous verrez bois, montagnes, plaines,
Prés, champs, vallons, ruisseaux, fontaines,
Bourgs, villes, villages, déserts,
Torrens, rivières, fleuves, mers :
Et de tout cela les bons Pères
Sont seuls et vrais propriétaires,
Non point injustes ravisseurs,
Mais légitimes possesseurs,
Sans qu'on puisse en rien contredire
Le droit qu'ils ont dans cet empire :
Puisqu'enfin, qu'est-il de plus net ?
Ce sont eux-mêmes qui l'ont fait.
Qui l'ont fait ! ô grandeur extrême !
Puissance invincible et suprême !
Le plus grand de tous les travaux,
Qui fait pâlir tous les héros,
Et qui, par l'éclat de sa gloire,
Efface toute leur histoire !
Quoi, les Jasons et les Hylas,
Dont on nous conte tous les pas,
Les Hercules et les Orphées,
Les Télamons et les Thésées,
Tous ces gens qu'on prend pour des dieux
N'ont que découvert quelques lieux,
Quelques solitaires contrées
Au-delà des mers retirées ;
Mais les Jésuites, plus experts,
Ont fait un nouvel univers.

Quelle différence de causes
Entre faire et trouver les choses,
Entre le sort d'un inventeur
Et le pouvoir d'un créateur!
Aussi, dans ces nouvelles terres
Qu'ils tiennent, non point par des guerres,
Ni par droit de succession,
Mais bien plus de création,
Ils ont établi l'exercice
D'une haute et basse justice,
Où, par un droit universel,
Ils jugent de tout sans appel.
Malheur aux pauvres Jansénistes,
Car les souverains Molinistes,
Régnant dans ces pays nouveaux,
Leur font faire d'étranges sauts;
Noyant les uns, pendant les autres,
Tout cela sous le nom d'apôtres,
Et, même après ces maux soufferts,
Les jetant tous dans les enfers.
Mais, trève ici de raillerie!
Il n'est pas possible qu'on rie
Lorsqu'on voit des cœurs enragés,
Des cœurs par la haine rongés,
Cœurs qui jamais ne s'assouvissent,
S'ils ne damnent ceux qu'ils haïssent.
Est-il rien de plus odieux?
Quoi! des hommes, ô justes cieux!
Avec leurs faiblesses mortelles
Forment des haines éternelles!

Ils veulent damner qui leur plaît;
Et ne le pouvant en effet,
Au moins leur exécrable envie
Les sait damner en effigie.
Encor une fois, quelle horreur!
Et jusqu'où va cette fureur!
Ce n'est pas, puisqu'il faut tout dire,
Que cette fureur puisse nuire.
Non, jamais ces vœux imposteurs
Ne font du mal qu'à leurs auteurs.
Être ainsi damné par figure,
Ce n'est que souffrir en peinture;
Et les heureux prédestinés
Pourraient tous être ainsi damnés.
On dit même que saint Ignace
Eut cette petite disgrâce,
Si c'est disgrâce que cela,
Car pour moi je n'en vois point là.
Mais, quoi qu'il en soit, lorsqu'à Rome
On canonisait ce saint homme,
Et que les Jésuites romains,
Toujours remplis de beaux desseins,
Donnaient, dans les places publiques,
De grands spectacles magnifiques,
Où tout le peuple curieux
Allait voir l'enfer et les cieux,
Il arriva que saint Ignace,
Qui dans le ciel avait pris place,
Tout d'un coup et comme un éclair
Tomba dans le fond de l'enfer;

Et par cette chute imprévue,
De tant de nations connue,
Le portrait du saint fut damné,
Tandis que l'esprit couronné
Et comblé d'un bonheur suprême
Reposait au sein de Dieu même.
Ces Pères par là verront bien
Que tout ce qu'ils ont fait n'est rien;
Que toutes ces terres perdues
A tous les humains inconnues,
Ces pays, ce monde nouveau,
Sont de grands vides de cerveau;
Et qu'enfin, si leur beau génie
Parle ainsi de la *Jansénie*,
On peut juger après cela
De leurs contes du Canada.
Mais leur orgueilleuse imprudence
Ne prévoit nulle conséquence;
Et ces gens vains et factieux,
Conduits seulement par les yeux,
N'excitent leurs flammes fougueuses
Que par des figures trompeuses,
Que par de fabuleux travaux
Exprimés dans de longs tableaux,
Où leur science peinturée,
Convainc une erreur figurée,
En même temps que leur valeur
La frappe de toute couleur.
Tout cela leur charme la vue;
Ils en ont l'âme tout émue;

Et c'est avec ce sot esprit
Qu'ils nous ont tant de fois écrit
Que le Jansénisme effroyable
Est un monstre presque indomptable,
Flattant ainsi leurs faibles cœurs
D'en être les fameux vainqueurs.
  Voilà comme ils font les Hercules,
Avec des monstres ridicules,
Des visions sans nul objet,
Des fictions sans nul sujet !
Et ces héros imaginaires,
Échauffés contre leurs chimères,
Après s'en être bien donné,
Ou pour mieux dire imaginé,
Font enfin courir une histoire
Qui célèbre leur vaine gloire,
Chante leur étrange vertu ;
Et dit partout qu'ils ont vaincu.
Car du bruit, ils en savent faire
Dans l'un et dans l'autre hémisphère.
Et quand il s'agit seulement
De crier sans raisonnement,
De clabauder à pleine tête,
D'exciter partout la tempête,
Pensez-vous le beau bruit que font
Trente mille bouches qu'ils ont?
Quel concert, quand chacune crie,
A l'imposture, à l'hérésie !
Et que de grands peuples surpris
Répondent encor à leurs cris !

En un moment tout est en armes ;
Tout est plein de fausses alarmes ;
Partout on appelle aux combats;
Partout on craint ce qui n'est pas.
Et cependant nos politiques,
Auteurs de ces terreurs paniques,
Se font grand honneur de calmer
Les faux bruits qu'ils ont su semer;
Faisant comme les démons mêmes
Qui pratiquent ces stratagèmes,
Et qui ne guérissent jamais
Que les maux qu'eux-mêmes ils ont faits.
Après cela nul n'y résiste:
C'est le faux nom de Janséniste,
Qui sert d'unique fondement
A ce fatal dérèglement.
En effet, quoi qu'il puisse naître
De monstrueux, de faux, de traître,
De scandaleux et d'emporté,
Aussitôt la Société
Est sûre d'en trouver la cause
Dans ce nom dont elle dispose;
Et pour moi, je croirais quasi
Que ces grands philosophes-ci
L'ont formé sur l'idée oblique
De cette matière physique
De laquelle, en argumentant,
Les philosophes parlent tant.
Car, en effet, cette matière,
Qu'Aristote appelle première,

N'étant, dit-il, ni quantité,
Ni figure, ni qualité,
Est pourtant la source féconde
De tout ce que l'on voit au monde,
De toutes les corruptions,
De toutes les productions,
De tout ce qu'enfin la nature
Conçoit, produit, forme et figure.
De même, ce nom général
Dont ces gens se servent si mal,
Ce nom d'intrigue et de mystère,
N'est rien quand on le considère;
Mais je ne sais par quels destins,
Ce rien devient tout dans leurs mains,
Exil, prison et maladie,
Bannissement, perte, incendie;
Et pourra peut-être dans peu
Mettre toute la terre en feu,
Si l'on ne trouve en la nature
Quelque remède à la brûlure.

CHANT X.

Ce qu'il faut faire pour éteindre le feu des Jésuites, ou pour empêcher qu'ils ne le rallument; avec les objections et les réponses.

En voici, de l'Onguent très bon,
Contre la braise et le charbon!
En voici même de deux sortes,
Contre les flammes les plus fortes!
Le premier peut, en un moment,
Apaiser un embrasement;
Mais il a pourtant quelque chose,
Parmi tout ce qui le compose,
A quoi je puis bien pressentir
Que vous ne pourrez consentir.
Cependant je vais vous écrire
Tout ce, je crois, qui s'en peut dire,
Ses propriétés, ses effets;
Et puis nous verrons l'autre après.
Donc, en un mot, ce qu'il faut faire,
C'est de signer le formulaire,
Le croire d'une ferme foi,
Sans dire comment ni pourquoi;
Et sans distinguer Dieu de l'homme,
Jurer sur tout ce que dit Rome.

Première objection.

Vous m'allez objecter ici,
Que l'on ne peut pas croire ainsi;

Que toute la puissance humaine,
Fût-elle cent fois plus romaine,
A l'esprit ne fait point de loi,
Et n'en peut exiger la foi;
Que la foi, ce culte suprême,
Ne se doit rendre qu'à Dieu même;
Que lui seul il en est l'objet,
Comme la cause et le sujet.

Réponse.

En vérité, je vous admire,
Quand je vous entends ainsi dire;
Savez-vous que c'est là parler
D'un ton à faire tout brûler;
Et que ces excellens ouvrages,
Si regrettés de tous les sages,
Ont causé leur embrasement,
En s'expliquant moins librement?
Il faut donc se radoucir l'âme,
Si l'on veut éviter la flamme;
Il faut se rendre complaisant,
S'accommoder au temps présent,
Signer purement et sans glose
Tout ce que le Pape propose,
Soit que sa Sainteté l'ait dit,
Ou de sa chaire, ou de son lit.
Cette distinction subtile
Est une finesse inutile,
Hors de sujet, hors de saison,
Contraire à la juste raison,

Inconnue à tous les saints Pères,
Et qui vient des têtes légères;
Mais, pour ne jamais s'égarer,
Il ne faut point délibérer,
Et toujours être, quoi qu'on die,
De l'avis de la Compagnie.

Deuxième objection.

Oui, sans doute, me direz-vous,
Quand la Compagnie est pour nous,
Qu'est-ce qui pourrait être contre?
Tout fléchit dès qu'elle se montre;
Tout cède à son autorité,
Espérance, foi, charité;
Et, comme ils disent, c'est par elle
Que l'Église est universelle.
Ce point-là n'est plus contesté:
Et l'on voit la Société,
Si fructueuse et si féconde,
Se répandre par tout le monde,
Dans le fond du Pérou pour l'or,
Au Canada pour le castor,
Partout enfin où l'avarice
Va chercher ce qui l'enrichisse.

Réponse.

Vous raillez, mais il n'est pas temps.
Garde que des feux éclatans;
Ne viennent venger ces bons Pères,
De vos paroles trop sincères!

Je vous dis ici tout de bon
Qu'à moins d'être mis en charbon,
Il faut que pour leurs révérences
On ait de grandes complaisances;
Et soit qu'ils fassent mal ou bien,
On ne doit les blâmer en rien.
Suffit qu'ils sont dans une estime [1]
Qui peut justifier le crime;
Jusque là que si l'un d'entre eux
Avait fait quelque crime affreux,
On croirait le crime équitable,
Plutôt que le Père coupable.
Et tout ce qu'ici je vous dis
Est bien marqué dans leurs écrits.
Il faut donc, sans que l'on insiste,
Condamner le sens janséniste,
Et ne point craindre une action
Dont les Pères sont caution.
Voyez tant de prélats de France,
Qui, sans prendre aucune assurance,
Ont soumis leur autorité
Au sens de la Société,

[1] On croit communément qu'être du sentiment des Jésuites, c'est être orthodoxe. On fera aisément recevoir à plusieurs, pour légitimes sentimens et pour résolutions sans reproche, ce qu'on aura persuadé être dans le commun sentiment des Pères de cette Compagnie....... attribuant une mauvaise doctrine aux Jésuites, il la rend probable. (*Première Réponse aux Lettres des Jansénistes*, pag. 11 et 12.)

Jusqu'à ce point que, pour lui plaire,
Ils ont signé le Formulaire.
Imitons ces fameux prélats;
Marchons après eux sur leurs pas;
Signons comme eux sans nous restreindre;
Faisons tout enfin sans rien craindre.
Le prélat qu'on accuse est mort;
Et pourquoi n'aurait-il pas tort,
Puisque tant de prélats qui vivent
Le condamnent et le proscrivent?
Si le temps le veut aujourd'hui,
Il faut le vouloir avec lui;
Car enfin, comme dit le sage,
Chaque chose au monde a son âge.

Troisième objection.

Mais, direz-vous avec vos gens,
Faut-il s'abandonner au temps?
N'est-ce pas la foi qu'il faut suivre,
Et par son esprit qu'on doit vivre?
La quittera-t-on lâchement,
Pour suivre avec emportement
Des prélats qui le sont sans l'être,
Et qui ne savent pas connaître,
Ni le caractère qu'ils ont,
Ni l'indigne abus qu'ils en font,
Des âmes toutes courtisanes,
Des évêques plus que profanes,
Des soldats crossés et mitrés
A la fortune consacrés,

Et qui, par de lâches services,
Adorent ses plus vains caprices?
Suivons plutôt l'exemple heureux
De ces prélats si généreux,
De ces guides si charitables,
De ces pasteurs infatigables,
Qui, toujours veillant leurs troupeaux,
Comme les célestes flambeaux,
Leur communiquent leur lumière,
Sans quitter jamais leur carrière.
Mais quel regret, ô justes cieux!
Pour tant de prélats si pieux,
De voir aujourd'hui que leurs frères,
Éloignés des sacrés mystères,
Blessent, par tant de lâchetés,
La plus sainte des dignités,
Et se consument d'un faux zèle
Pour une pure bagatelle;
Qu'après avoir fait et refait
Leur étrange et nouveau décret,
Ils ont encor pu le refaire
Par une lettre circulaire,
Laquelle, à parler franchement,
Est circulaire doublement!
Cette machine d'éloquence,
Qui ne recule et qui n'avance,
Est un grand cercle de discours,
Qui tourne et retourne toujours,
Et qui veut toujours que l'on signe,
Sans vouloir que l'on examine.

Réponse.

Tout cela, c'est la vérité :
Mais ce n'est pas la sûreté;
Et sachez qu'un sens véritable
En ce temps est un cas brûlable;
Qu'il faut prendre un esprit flatteur,
Même au hasard d'être menteur;
Qu'il ne faut point tenir si ferme,
Mais, sans se prescrire aucun terme,
Être du côté le plus fort,
Toujours se joindre avec le sort,
Afin que, suivant la rencontre,
On fasse le pour et le contre.
C'est se mettre en captivité
Que de servir la vérité;
Et par une adresse nouvelle,
Il vaut bien mieux se servir d'elle,
La dissimuler, la fléchir,
La détourner, et la gauchir,
En faire des tours de souplesse,
Et n'être point tout d'une pièce,
Comme ces gens qui créveraient,
Bien plutôt qu'ils ne mentiraient.
Ah! qu'un esprit si catholique
era rire la politique!
ien ne peut mieux la divertir
'un homme qui craint de mentir,
qui, vaincu par un scrupule,
se signer une formule.

Que s'il fallait la commenter,
Encor pourrait-on résister;
Car, après tout, un commentaire
Coûterait quelque peine à faire:
Mais enfin, puisque tout est fait,
Puisqu'il n'y manque pas un trait,
Puisque, pour cette signature,
Il ne faut qu'un mot d'écriture,
Puisqu'en cette heureuse saison,
Bien loin d'exiger la raison,
L'assemblée en donne dispense,
Et, par sa secrète prudence,
Lorsqu'elle ordonne de signer,
Défend à tous de raisonner;
Pourquoi se rendre difficile
A mettre un mot en apostille,
Que l'on peut écrire aisément,
Sans esprit et sans jugement?

Quatrième objection.

Des discours de cette manière,
Je pense, ne vous plaisent guère;
Car je connais bien votre humeur,
Et j'entends dire à votre cœur:
Ne faisons rien sans connaissance,
De crainte que, dans l'ignorance,
Une aveugle témérité
Ne trahisse la vérité;
Car enfin la vérité même
Souffrit la mort et le blasphème,

Parce que ceux qui l'accusaient
Ne savaient point ce qu'ils faisaient.
L'ignorance est une infidèle,
Une lâche, une criminelle,
Et qui couvre la vérité
D'une honteuse obscurité.
Hélas! si l'on voyait les charmes
Dont la vérité fait ses armes,
Tous les cœurs et tous les esprits
Tout d'un coup en seraient épris,
Et la reconnaissant si belle,
N'auraient plus de vœux que pour elle.
Mais, par un voile injurieux,
L'ignorance cache à nos yeux
Cette beauté sainte et suprême,
Le divin portrait de Dieu même.
Peut-on donc, avec jugement,
La suivre en son aveuglement,
Surtout lorsqu'avec évidence
On voit qu'il est dans l'ignorance,
Et que tout ce qu'on sait d'un point,
Est qu'on sait qu'on ne le sait point?
Est-il homme au monde assez bête,
Qui n'ait une réponse prête,
Et ne décide absolument
Qu'il faut de l'éclaircissement?
Donnez-en donc, révérends Pères;
Donnez du jour à ces matières;
Parlez, on vous écoutera;
Dites vrai, l'on s'étonnera;

Et sachez, pères Molinistes,
Que les prétendus Jansénistes
Sont trop savans dans leur devoir,
Pour souscrire sans rien savoir.
Non, non; quoi que vous pussiez dire,
Ce n'est point leur façon d'écrire;
Et l'on voit bien par ces écrits,
Qui leur gagnent tous les esprits,
Et par leur manière si nette,
Qu'ils n'écrivent pas aveuglette.
  Cependant votre esprit guerrier,
Dans vos triomphes de papier,
Et dans vos peintures profanes,
Leur donne des oreilles d'ânes:
Mais certes vous les bâteriez,
Ou du moins les étrilleriez,
S'ils avaient assez d'ignorance
Pour souscrire sans connaissance.
Non, non; ne le prétendez pas,
Et gardez pour vous tous vos bâts.

Réponse.

A tout ce que vous pouvez dire,
Je réponds qu'il ne faut point rire,
Et qu'on doit songer seulement
A souscrire présentement.
On ne peut trop tôt s'y résoudre:
Ou garde d'être mis en poudre!
  Voyez-vous, c'est là le vrai but:
Hors de cela point de salut.

Si la signature n'est mise,
On n'est point enfant de l'Église;
Et l'on doit souscrire ce fait,
Fût-il mille fois plus secret:
Car c'est comme un nouveau baptême,
Où l'on ne dit rien de soi-même;
Les Jésuites, comme parrains,
Y marquent si bien leurs desseins,
Et font si bien ce qu'il faut faire,
Que même il n'est pas nécessaire,
Dans une telle occasion,
D'avoir l'usage de raison;
Et le meilleur ce serait d'être
Comme l'enfant qui vient de naître.

Cinquième objection.

Je sais bien qu'à tous ces discours
Vous me répliquerez toujours
Que vous connaissez ces bons Pères,
Que vous entendez leurs mystères,
Et qu'après qu'on aura signé,
Sans que rien soit déterminé,
Ceux qui, trompés par la coutume,
Auront lâché ce trait de plume,
Verront trop tard avec regret
Sur qui sera tombé ce trait.
Ce Jansénius hérétique
Ne sera plus le chimérique;
Cet Augustin si déguisé
N'aura plus rien de supposé.

On reconnaître sans emblème,
Que c'était Augustin lui-même,
Et les Pères le soutiendront
Contre tous ceux qui le nieront.
 Il ne faut, diront-ils, que lire;
Et l'on verra, sans contredire,
Qu'entre eux deux tout est si commun
Que leurs deux livres n'en font qu'un.
Lisez, ce sont mêmes passages,
Les mêmes mots, les mêmes pages;
Jansénius, on le voit bien,
Est un pur *augustinien :*
Comme aussi, quoique l'on insiste,
Augustin est franc Janséniste;
Et tous deux n'ont assurément
Qu'un seul et même sentiment.
Voilà comme leur perfidie
Dénouera cette comédie,
Où leur esprit plus que lutin
Prétend jouer saint Augustin.
 On verra ces gens à grimace
Faire une farce de la grâce,
Comme ils ont fait en liberté
Un *Ballet de la Vérité.*
 Maintenant Ferrier se fatigue
A nouer encor plus l'intrigue;
Et, pour augmenter l'embarras,
Dit ce qu'il sait, et ne sait pas.
Il donne aux crieurs de gazettes
Trois ou quatre pages mal faites;

Et quand cinq ou six gazetiers
Ont crié par tous les quartiers,
Le Père se vante et se pique
D'avoir pour lui la voix publique.
Laissons-le vanter à loisir
Et prendre ce faible plaisir,
Puisqu'il n'a pas plus à prétendre
De tout ce qu'il ose entreprendre.
Non certe, et ce nouvel auteur
S'est si bien déclaré menteur
Dans le cours de la Conférence [1],
Qu'il n'aura jamais de créance;
Et l'on ment inutilement
Quand on ment si publiquement.
On a découvert ses malices;
On a connu ses artifices;
Et l'on sait que ce faux prudent
Est une langue de serpent;
Qu'en désavouant il avoue;
Comme un serpent qui se renoue;
Et si, par ces mots tortueux,
Si, dans ces écrits monstrueux,
Si, par toutes ses fausses trames,
Il pouvait engager les âmes,
Lui-même après s'en moquerait,
Et comme un serpent sifflerait.

[1] Conférence du P. Ferrier et du P. Annat, avec MM. Girard et de la Lane, en présence de M. l'évêque de Comminge.

Dans ce faux espoir il éclate,
Et par ses discours il se flatte
De ce que son impression
Se fait avec permission [1].
Il a liberté de tout dire:
On ne peut l'empêcher d'écrire;
Mais lui-même empêche assez bien
Qu'on ne puisse le croire en rien.

Réponse.

Vous pouvez tout dire sans feindre,
Et je ne veux point vous contraindre;
Mais il serait plus à propos,
De signer seulement deux mots,
Puisqu'enfin c'est la signature
Qui peut empêcher la brûlure.
Certes, c'est trop délibérer;
Faut-il tant de fois différer?
Et n'est-il pas temps de se rendre
Aux bulles du Pape Alexandre?
Aussitôt qu'un Pape a conclu,
L'esprit doit être convaincu;
Sans doute, et ce qui reste à faire,
C'est seulement, ou de se taire,
Ou de chanter *Autos Epha* [2],
Sans jamais passer au-delà.

[1] Idée véritable des Jansénistes, dans l'*Avertissement*.
[2] Livre du P. Jésuite Théophile Raynaud, intitul' *Autos Epha*.

Sixième objection.

Vous me direz, la foi chrétienne
Serait donc pythagoricienne :
Car c'est ainsi qu'on disputait
Du temps que Pythagore était.
Les disciples de ce vieux maître,
Ne pouvant plus se reconnaître
Lorsqu'ils en étaient *à quia*,
Répondaient un *Autos Epha*.
La Société fait de même ;
Et dans son indigence extrême,
N'ayant pas une autorité,
Pas un trait de l'antiquité,
Pas un concile, pas un Père,
Pas un raisonnement sincère,
Elle en est à l'*Autos Epha*,
C'est-à-dire *non plus ultrà*.
Ce beau dictum, cette sentence,
Est le précis de leur science ;
Tous leurs livres sont en petit
Dans ces mots : *Le Pape l'a dit*.
Les plus beaux effets de leurs plumes,
Leurs grands cahiers, leurs gros volumes,
Tous leurs écrits étudiés,
Sont ces deux mots amplifiés ;
Et quand ces admirables Pères
Veulent dépêcher les matières,
Retranchant tous autres propos,
Une affaire est faite en deux mots :

Et voici de quel air s'explique
Leur admirable politique.
Le Jansénisme empoisonné:
C'est ce que Rome a condamné;
Et qu'est-ce qu'a condamné Rome?
C'est ce que Jansénisme on nomme.
Voilà la foi du charbonnier,
Du premier point jusqu'au dernier;
Et, par cette foi ridicule
Du charbonnier et de sa mule,
On veut même que le docteur
Captive son âme et son cœur;
On veut que toutes les écoles
Jurent sur ces vaines paroles,
Et que, pour signer cet écrit,
Le monde s'arrache l'esprit.

Réponse.

Je comprends tout ce que vous dites,
Mais des raisons si bien déduites
Ne vous sauveront nullement
D'un effroyable embrasement.
Il faut signer le Formulaire:
C'est un article nécessaire;
Il faut s'y rendre absolument,
Il faut l'avouer hautement,
Et croire le Pape infaillible,
Comme s'il était dans la Bible.
Pourquoi non? c'est un point connu,
Qui par toute la terre est cru,

Sans restrictions, et sans modes :
On le croit même aux antipodes,
Où l'illustre Société
Va prêcher cette vérité,
Vérité toujours défendue,
Et dans toute son étendue,
Par Santarel, et Molina,
Vasquez, Azor, Mariana,
Suarez, Eudemon, Valence,
Qui l'ont mise dans l'évidence,
Avec Gretzer, Ozorins,
Bauny, Bellarmin, Lessius;
Et de tous ceux que je vous nomme,
Le moindre passe pour grand homme:
Car c'est par là qu'on s'agrandit,
Et qu'on a chez eux du crédit.
Quel mal aussi que le saint Père
Possède une puissance entière,
Et que, par de suprêmes lois,
Il soit enfin le roi des rois.
N'est-ce pas la pure justice
Que le corps à l'âme obéisse ;
Et qu'enfin le matériel
Soit soumis au spirituel ?
Ainsi donc le Pape adorable,
Étant un esprit immuable,
Doit mouvoir par ses divins bras,
La grande masse des Etats.
Il est juste qu'il soit le maître
De tout ce que le ciel fait naître,

Et qu'il règle comme ses biens
Les sceptres des princes chrétiens;
Car comme l'Eglise est leur mère,
De même le Pape est leur père.
Et comme on n'en peut pas douter,
Un père peut déshériter,
Surtout quand ce père est de Rome:
Car enfin l'on sait qu'un simple homme,
En vertu du vieux droit romain,
Sur ses fils était souverain,
Et que la loi des douze tables
Rendait ses droits incontestables.

Septième objection.

Ici, comme tous les François,
Avec une commune voix,
Vous direz que cette puissance
N'est qu'une odieuse arrogance,
Et que c'est faussement qu'on croit
Qu'un Pape ait ce funeste droit.

Réponse.

Mais votre zèle en vain s'allume,
Car enfin, soit droit, soit coutume,
Déjà, quatorze ou quinze fois,
Le pape a déposé des rois,
Jusque là que le roi de France
Perd la Navarre à cette chance,
Et la perd de telle façon
Que même il n'en a pas le nom.

Si l'on ne me croit pas, qu'on lise
Les nouveaux articles de Pise;
On verra, dans ce grand traité,
Les bulles de sa Sainteté,
Où le Roi, de par la tiare,
N'est point nommé roi de Navarre.

Huitième objection.

Ici vous redoublez vos cris,
Avec tous les Français surpris.
Quel désordre! quelle injustice!
Quelle épouvantable police!
Ah! nous ne l'eussions jamais cru;
Mais l'apôtre l'a bien prévu:
Et c'est dans cette prévoyance
Qu'un jour Rome aurait l'insolence
De former des projets si vains,
Qu'il en écrivit aux Romains,
Et fit cette épître sacrée
Qui, par le ciel même inspirée,
Leur déclare à tous que les Rois
De Dieu seul reçoivent des lois.
Mais la Compagnie au contraire
Écrit d'un autre caractère,
Que le Pape tient dans ses mains,
Tous les Etats des Souverains,
Et soutient d'un effort terrible
Qu'enfin le Pape est infaillible.
Parle-t-il, dès le même instant,
La Société qui l'entend,

Crie, ô ciel! ô terre! ô miracle!
Et dit partout que c'est l'oracle.
Comme aussi, dans le sens commun,
On peut dire que c'en est un;
Au moins ce qu'on en voit paraître
Est assez ambigu pour l'être;
Et l'on ne l'entend guère plus
Que ces vieux oracles reclus,
Qui, d'une caverne profonde,
Ont long-temps abusé le monde,
Et dont les mots toujours douteux,
Au lieu d'un sens, en avaient deux.
Il est des bulles politiques
Qui sont encor bien plus mystiques,
Et dont les mots embarrassans,
N'ont pas seulement pour deux sens.
N'en a-t-on pas vu de certaines
Enfermer des sens à douzaines?
Et le moindre théologien
N'a-t-il pas cru trouver le sien,
Dans cette bulle qui fulmine
Contre un sens qu'il faut qu'on devine?
Après tout, un esprit bien sûr
Affecterait-il d'être obscur?
Et de quoi sert d'être infaillible,
Si l'on n'est pas intelligible?
Que si l'infaillibilité
Dans l'espoir du Pape eût été,
N'eût-il pas, en termes sincères,
Fait réponse aux prélats ses frères?

Mais il vit, s'étant consulté,
Que son infaillibilité
Ne pouvait être en assurance
Qu'au milieu d'un profond silence;
Ainsi, pour ne se tromper pas,
Il n'écrivit point aux prélats.

Réponse.

Certes, ceux dont le cœur s'emporte
A s'expliquer de cette sorte,
S'exposent bien imprudemment
A tomber dans l'embrasement.
Je le dis, ce n'est point pour feindre;
Mais quiconque voudra l'éteindre,
Doit croire que sa Sainteté
Est dans l'infaillibilité.
La chose d'ailleurs est très sûre :
Car, encor que par la nature
Chaque homme puisse bien sentir
Que l'homme est sujet à mentir;
Il est pourtant clair, et l'on prouve,
Que ce grand défaut ne se trouve
Que dans les hommes du commun;
Mais le Pape n'en est pas un:
Et dans lui la vertu rassemble,
Homme, Docteur, et Pape ensemble.
Comme Homme, il peut être menteur;
Il ment aussi comme Docteur:
Mais quand il parle comme Pape,
Jamais rien de douteux n'échappe:

Tout ce qu'il prononce est certain,
Et l'on doit en lever la main,
Afin par là de se défendre
De tomber tristement en cendre.

Neuvième objection.

Vous riez bien de tout cela;
Et je crois vous ouïr déjà
Faire cette prompte réplique :
O ciel ! que le Pape est mystique !
Que j'admire les nouveaux traits
Qui sortent de ces trois endroits !
Une tête sous trois couronnes !
Un homme seul en trois personnes !
Certe, une telle trinité
Est une adroite nouveauté !
Et, par ce moyen si plausible,
Tout Chrétien devient infaillible.
Car enfin, tant qu'il fera bien,
On dira qu'il fait en Chrétien ;
Et s'il va contre l'Évangile,
La réponse est toute facile :
On dira que, dans ce faux pas,
En Chrétien il n'agissait pas.
Qui ne voit que ce beau problème
Tombe et se détruit de soi-même !
Annat aussi veut que le Roi
Le soutienne par une loi ;
Il veut que ce prince invincible
Déclare le Pape infaillible ;

Et c'est afin de l'y porter
Qu'il tâche de l'épouvanter
Par ce fantôme ridicule,
Qu'un Pape a fait dans une bulle.
Mais certe, un fantôme si vain
Ne peut alarmer qu'un Romain;
Et pour le monarque de France,
Dont la glorieuse vaillance
Vient de triompher tant de fois,
Il faut de plus nobles emplois.
Peut-on croire qu'un Roi si juste,
Toujours vainqueur, toujours auguste,
Détruise ses propres bienfaits,
Et qu'ayant pour nous fait la paix,
Lui-même il puisse la défaire
Pour un sujet imaginaire?
Connaissons mieux dans ses travaux
Louis, le plus grand des héros;
C'est lui qui, tout couvert de gloire,
Marche de victoire en victoire;
C'est lui que l'univers a vu,
Après avoir toujours vaincu
Avec une valeur extrême,
Vaincre encor cette valeur même,
Et plus triomphant que jamais
La réduire à donner la paix.
Certes, la suite légitime
De cette vertu magnanime,
Ce n'est pas, comme Annat a cru,
Le Formulaire prétendu,

Mais ce qu'il faut que l'on attende
D'une âme si haute et si grande,
Ce qui peut occuper un cœur
Jusqu'ici tant de fois vainqueur,
C'est la juste et sainte entreprise
De rompre les fers de l'Eglise,
D'abattre ce trône où l'erreur
Commande avec tant de fureur,
D'enterrer ces hautes mosquées
Qu'un culte impie a fabriquées,
Et là, délivrant les saints lieux,
Et vengeant la terre et les cieux,
Cueillir ces palmes immortelles,
Et ces couronnes éternelles
Qui, changeant le sort des humains,
Des grands héros font de grands saints.

Réponse.

Ce discours sans doute est très sage;
Et j'attends beaucoup d'un présage
Fondé sur les heureux exploits
Du plus vaillant de tous les rois.
Que si, pour éviter l'injure
D'une dévorante brûlure,
Il fallait nécessairement
Former un autre sentiment;
S'il fallait obscurcir sa gloire,
La plus brillante de l'histoire;
S'il fallait nier ces hauts faits,
Aussi vastes que nos souhaits;

S'il fallait ne pas reconnaître
Qu'il est seul et souverain maître :
Certes, ce remède fatal
Serait pire encor que le mal ;
Et si l'on doit parler sans feindre,
Il n'est point de mal plus à craindre.
Oui, c'est comme il faut s'énoncer,
Et je ne puis plus me forcer ;
C'est assez faire le Jésuite,
C'est même trop, et je le quitte.
Bon Dieu ! quel horrible tourment
De parler jésuitiquement !
Que la raison souffre de peine
De raisonner à la romaine,
De faire des contes si sots,
De chercher tant d'étranges mots,
De mettre tant de faste en montre !
C'en est fait, je proteste contre,
J'y renonce, et mon cœur souscrit
A tout ce que vous avez dit.

CHANT XI.

Seconde manière d'Onguent pour la brûlure.

Mais il est un autre remède
Auquel il faut que le mal cède.
Je l'espère. Et voici comment.
C'est que ce feu si véhément
Est un mal qui n'est qu'arbitraire,
Un mal purement volontaire,
Qui bientôt peut être apaisé
Par ceux même qui l'ont causé.
Ainsi j'ose dire, et sans feindre,
Qu'ils iront eux-mêmes l'éteindre,
Si l'on leur montre évidemment
Qu'ils se perdent en l'allumant,
Et qu'il n'est rien de plus contraire
A ce qu'ils ont dessein de faire.
En effet, que prétendent-ils,
Quand, par tant de secrets partis,
Tant de cabales, tant d'intrigues,
D'intérêts, de courses, de brigues,
S'unissant tous d'un même vœu,
Ils font jeter un livre au feu?
On le sait, ils brûlent d'envie
De lui faire perdre la vie;
Mais, malgré ce mortel effort,
Ce livre survit à sa mort.

Le feu qui le brûle, l'engendre;
On le voit qui sort de sa cendre,
Et qui, vainqueur de tant de maux,
Revient condamner ses bourreaux.
C'est ainsi, mes révérends Pères
(Car il faut que, sur ces matières,
Je leur parle sans nul détour);
C'est ainsi que le *saint Amour*,
Ce livre tout pur historique,
Brûlé par votre politique,
Durera tout brûlé qu'il est,
Sans qu'il s'en perde même un trait,
Et passant jusqu'au dernier âge,
Fera lire de page en page
A toute la postérité
Les tours de la Société,
Vos coups, vos fins, vos impostures,
Et même ces fausses censures [1]
Par où vous aviez fait dessein
D'abuser l'oracle romain;
Votre continuel sophisme
Sur l'affaire du jansénisme,
L'entêtement et le souci
Du bon monsignor Albisi [2],
Et cette longue extravagance
Que fit avec tant d'insolence,

[1] *Journal de Saint-Amour*, part. 2, chap. 4.
[2] *Ibid.* part. 1, chap. 5.

Instruit par le docteur Hallier,
Votre *capucin cordelier* [1].
Mais ce qu'ici je vous expose,
Ne sera que la moindre chose;
Chaque livre en doit faire autant,
Et cet autre livre important,
Nommé les *Desseins des Jésuites*,
Aura pour vous les mêmes suites,
Puisque vos rigoureuses lois
L'ont fait brûler d'un même bois.
Le voilà qui sort de la braise,
Comme l'or sort de la fournaise,
Et, brillant par de nouveaux traits,
Nous marque encor mieux vos projets.
Vous pensiez que c'était tout faire
Que d'en brûler un exemplaire;
Mais, mes Pères, qu'avez-vous fait?
Vous nous avez donné sujet,
En nous brûlant cette copie,
De chercher avec plus d'envie,
Dans mille autres qui sont à nous,
Les causes d'un si grand courroux;
Et là nous découvrons sans peine
Que tout ce qui fait votre haine
Contre cet ouvrage innocent,
C'est le juste amour qu'il ressent,

[1] Le P. Mulard, cordelier vagabond, et qui avait été capucin, fut envoyé par M. Hallier à Rome, où il passa pour député de la faculté. (*Journal de Saint-Amour*, part. 3, chap. 9.)

Et qu'en tant de lieux il vous marque
Pour notre invincible monarque.
C'est le zèle sage et prudent
Avec lequel il le défend,
Soutenant les droits de la France
Contre la romaine arrogance.
C'est le reproche qu'il vous fait,
Avec un si juste sujet,
D'avoir, dans les derniers conciles,
Par d'injurieux apostilles,
Couvert d'un outrage immortel
Le nom de Philippe le Bel.
C'est par où ce livre sincère
A mérité votre colère:
Voilà la cause de sa mort.
Mais fallait-il, injuste sort!
Pour une mort si rigoureuse,
Une cause si glorieuse!
Mes Pères, vous l'avez voulu:
C'est votre pouvoir absolu
Qui, d'un livre si légitime,
A fait une ardente victime,
Sonnant cet exploit à grands cris,
Et l'affichant par tout Paris.
Sur quoi, si vous me voulez croire,
Vous retiendrez bien cette histoire.

A peine eûtes-vous affiché,
Que tout le peuple du marché
S'alla jeter à vos cartouches,
De même qu'un essaim de mouches;

D'abord tout le carfour est plein
De ce prompt et bruyant essaim,
Qui tourne, fourmille, bourdonne,
Demande qu'est-ce qu'on ordonne?
Que chante ce papier nouveau?
Est-ce quelque chose de beau?
Ce sont les *Desseins des Jésuites.*
Tant pis, dit-on, craignons les suites.
Mais c'est qu'on vient de les brûler.
Bon! pour cela, c'est bien parler.
Tous ceux qu'ils pourraient entreprendre,
Tous il faudrait les mettre en cendre;
Car leurs desseins ne valent rien.
Hélas! on s'en ressouvient bien.
Oui, vraiment, répondent cent autres;
On les connaît ces bons apôtres,
Ces Jésuites vendeurs de tout.
N'en viendra-t-on jamais à bout?
Toujours ils se font quelque affaire;
Mais peut-être, à force d'en faire,
Pourraient-ils bien à l'avenir
Se faire encor un coup bannir.
Mes Pères, je pourrais poursuivre;
Car l'erreur, où le nom du livre
Tout d'un coup les avait jetés,
Leur fit dire cent vérités;
Et ces vérités si vulgaires
Sont pour vous des leçons sincères,
Qui montrent bien que les effets
Répondent mal à vos projets.

Mais avouez, sans rien confondre,
Qu'ils ne doivent pas y répondre,
Puisque vous et vos beaux esprits
Ne répondez point aux écrits;
Et qu'enfin, pour toute réplique,
Votre puissante politique,
Intriguant beaucoup, parlant peu,
Prend plaisir à les mettre au feu.
Encor, si, de quelque censure,
On accompagnait la brûlure:
Ce prétexte, mauvais ou bon,
Tiendrait lieu de quelque raison.
Mais quoi! ces excellens ouvrages,
Réglés par des esprits si sages,
Bien loin d'être en rien censurés,
Sont publiquement honorés;
Chez tous les savans on les loue,
Toute l'école les avoue,
On n'y voit rien que d'innocent,
La Sorbonne même y consent;
Et, quoique contre eux on l'irrite,
Elle reconnaît leur mérite.
Mais vous, mes Pères, contre tous,
Vous seuls, faibles, lâches, jaloux,
Forts seulement dans les intrigues,
Savans seulement dans les brigues,
Découverts, convaincus, surpris,
Vous jetez au feu les écrits;
Et c'est, à parler sans figure,
La plus étrange procédure,

Et s'il faut marquer vos excès,
La plus folle qui fût jamais.
Il n'est personne qui n'en rie;
Et ceux qui, dans la raillerie,
Ne savent point de meilleurs mots;
Vous appellent *Pères Fagots.*
Ce n'est pas, et la chose est claire,
Que vous qui savez vous complaire,
Vous ne pensiez bien, par vos feux,
Mériter des noms plus pompeux;
Et peut-être jusqu'à prétendre
Au grand nom du grand Alexandre.
Car comme on nous remarque tant
Qu'il ne dénoua qu'en coupant,
Et fit ainsi ce beau miracle
Qui surprit et trompa l'oracle;
Vous, avec un pareil talent,
Vous ne répondez qu'en brûlant,
Et par ces rapports héroïques
Vous devenez alexandriques.
Que si vous aimez les grands noms,
On vous donnera des plus longs;
Car à vous voir à la fournaise,
Jetant des livres sur la braise,
Et les y faisant consumer,
Il est aisé de vous nommer
Les théologiens alchimiques
Et les directeurs empiriques.
On fera tout cela pour vous.
Mais seulement apprenez-nous

Si, durant toute votre vie,
Vous aurez la brûlante envie
De dresser un bûcher fatal
Aux ouvrages de Port-Royal?
Encor si c'étaient ceux des autres.
Mais eux, qui produisent les vôtres;
Eux qui, même avec tant d'égard,
Ont fait imprimer Escobard;
Eux qui, dans leurs *Provinciales*,
Ces lettres qui n'ont point d'égales,
Ont placé dans des jours si beaux
Vos auteurs anciens et nouveaux;
Et vous, pour toute récompense,
Vous les brûlez à toute outrance!
Mais quoi! c'est que ce Port-Royal
Fut toujours un écueil fatal,
Où vos plus fameux argonautes,
Ces âmes chez vous les plus hautes,
Par un commun et triste sort,
Ont fait enfin naufrage au port.
Ce sont tous ces grands personnages
Péris dans ces tristes naufrages,
Qui, venant s'apparaître à vous,
Tout froissés et brisés de coups,
Vous recommandent leur mémoire,
Vous pressent de venger leur gloire,
Et vous conjurent à grands cris
De jeter au feu tant d'écrits.
Brûlez donc, mettez-les en cendre,
Autant que vous en pourrez prendre.

J'y consens, je n'empêche rien;
Mais seulement, pour votre bien,
Je veux encor un coup vous dire,
Que ce feu ne sert qu'à vous nuire;
Qu'il découvre de tous côtés
Jusqu'aux moindres infirmités;
Et qu'à la lueur de ses flammes
On lit jusqu'au fond de vos âmes.
On voit vos haines, vos courroux,
Vos sentimens les plus jaloux,
Le secret de vos stratagèmes.
Enfin, pensez-y bien vous-mêmes,
On voit tout : mais je ne veux pas
Faire ici de nouveaux éclats;
Et si vous m'en croyez, mes Pères,
Vous étoufferez ces lumières
Qui font qu'il ne se cache rien
De tout ce que vous savez bien,
Et qui sont pour vous plus funèbres
Que les plus épaisses ténèbres.
Cet avis, si vous y pensez,
Vous reviendra peut-être assez;
Mais il faut que l'on le médite;
Adieu, songez-y; je vous quitte.
Maintenant je reviens à vous,
Esprit des esprits le plus doux.
Recevez, je vous en conjure,
Tout cet *Onguent pour la brûlure*.
Aussi bien vous savez pourquoi
Il ne peut me servir à moi.

Le feu pur et sans artifice
Qui m'enflamme à votre service,
Jusqu'à ce point s'est allumé,
Qu'il faut que j'en sois consumé.
Je sens bien que sa flamme excède;
Mais, n'y cherchant point de remède,
J'y trouve un plaisir sans égal,
Et je veux mourir de ce mal.

ENTREPOT CENTRAL DE LA LIBRAIRIE.

GALERIE VIVIENNE.

Ouvrages de fonds, format *in*-32.

Boursouffle (*le comte de*), ou *les Agrémens du droit d'Aînesse*, comédie inédite de Voltaire.	» 25
Complainte sur la mort du droit d'aînesse, enterré au Luxembourg; 3e édition, avec la musique gravée, par CADET ROUSSEL.	» 25
Dévotion aisée (*la*), par le R. P. LE MOINE, avec une jolie gravure; 3e édition.	1 25

Ouvrage remarquable, dont les maris imposeront la lecture à leurs femmes.

Il n'y aura bientôt plus que du vélin à 2 fr. 50 c., et des reliures à tous prix.

Faits (*les hauts*) *des Jésuites*, dialogue versifié, suivi du résumé de la Doctrine des RR. PP.	» 25
Jubilé de BOSSUET.	» 50
Passion des Jésuites (*la*), Complainte analytique de l'ouvrage de M. MONTLOSIER; précédée du *Canticum jesuiticum*.	» 50
Procès de M. l'abbé de la Mennais, suivi de *Pièces justificatives*, rares et curieuses, *et des Passages incriminés*.	1 »

N. B. Le prix par la poste est d'*un cinquième* en sus de celui de la cote.

IMPRIMERIE DE LACHEVARDIERE FILS.

www.ingramcontent.com/pod-product-compliance
Ingram Content Group UK Ltd.
Pitfield, Milton Keynes, MK11 3LW, UK
UKHW021037230726
13926UKWH00004B/1531

9 782014 062267